수상한
초콜릿 가게

Chocolate

수상한
초콜릿 가게

Sarang de Chocolate

Sarang de Chocolate

서랍의날씨

작가의 말

17세기 감염병이 창궐하던 때, 한 과학자는 집에만 있다가 유명한 과학의 법칙을 발견했다고 한다. 이번에 내게 닥친 감염병 대유행이 그와 같았다. 그 팬데믹으로 글을 썼고, 완성했고, 출간하게 되었다.

다른 분야에서는 자존감이 바닥에 있어, 반지하보다도 낮은 곳에 노란 장판을 깔고 있지만, 글쓰는 거에 있어서만큼은 자신감이 하늘을 뚫어 하늘나라보다 더 높은 곳 천장에 실링팬을 달았다. 쓸 소재거리가 머릿속에 가득했다. 이제는 독자에게 읽을거리로 다가가고자 한다. 《수상한 초콜릿 가게》가 그중 하나이다. 이를 통해 우리의 거리가 조금 가까워졌으면 한다.

전 글쓰는 걸 좋아하는데, 여러분도 제가 글쓰는 걸 좋아해 주셨으면 좋겠어요.

목차

작가의 말

소설 속 등장하는 주요 초콜릿

#1 말할 수 없는 내 사랑

Sarang de Chocolate

파베 초콜릿

가볍디가벼운 간판 하나에 쓰인 'Sarang de Chocolate'이 두 개의 철사를 붙잡고 철컥철컥 왔다 갔다, 바람결에 휘이휘이 ~ 어서 오라며 상점의 입구에서 손님을 맞이한다. 서울 한복판 좁은 골목길을 따라 한 걸음 한 걸음 걷다 보면 달콤한 냄새로 골목길을 가득 채우는 초콜릿 가게가 있다. 이곳에선 재즈 혹은 스윙 댄스와 어울릴 법한 노래나 컨트리 노래에 가끔은 7~80년대의 음악 그룹 쎄시봉과 같은 노래가 흘러나온다.

오래된 한옥의 형태를 갖춘 가게의 외관과는 다르게 속을 들여다보면 옛날 유럽풍의 티 댄스를 출 법한 공간에 앙증맞은 홍콩 느낌의 골동품 물건들도 진열되어 있다. 다 내 취향이다. 번잡스러울 것 같은 이 공간이 초콜릿을 파는 곳으로 한데 뭉치니 조금은 조화로운 것 같기도 하다. 딸기, 아몬드 같이 어느 것을 넣어도 맛있는 초콜릿처럼, 내 마음의 취향을 다 끄집어내어도 보이기에 꽤 괜찮은 초콜릿 상점이 되었다.

대부분의 손님들은 "나 사랑에 빠졌어요." 혹은 "나 그 사람을 너무 좋아하는데 어쩌죠?"와 같은 이런저런 저마다의 사연을 우리 초콜릿 가게에 들고 온다. 가끔은 지나간 첫사랑을 떠올리며 '그땐 그랬지.' 하며 가슴 속 묻어두었던 아련하고 케케묵은 철없었던 이야기를 꺼내어 주곤 한다. 온통 달콤한 첫사랑 혹은 씁쓸한 짝사랑 종류의 것들이었다.

저마다의 가슴 찡하고 설레는 사연은 초콜릿 한 개와 나의 토닥임으로 입가에 달콤함을 머금은 채 내게 비슷한 레퍼토리의 인사말을 전하며 마무리된다.

"고마워요. 이제는 사랑에 성공해서 사랑하는 사람이랑 같이 찾아올게요."

그렇게 사랑의 용기를 얻은 남녀가 결국엔 쌍방향의 사랑을 하게 되어 재방문을 하거나 그와는 반대로 짝사랑을 끝낼 용기를 얻으며 떠나기도 했다.

딸랑~

문 앞에 걸어 놓은 종소리가 문을 여는 바람소리의 재촉과 함께 오늘의 첫 손님을 맞이하며 경쾌하게 울렸다.

"어서 오세요~"

손님은 이곳이 처음인 양 가게에 떡하니 놓여 있는 안내문을 찬찬히 뜯어보며 읽기 시작했다.

〈내 사랑 전문 초콜릿 상담소〉

여러분의 첫사랑과 짝사랑을 누군가에게 들려준 적 있나요?

사랑은 달콤하지만 때로는 씁쓸하다는 걸 경험해본 적 있나요?

누군가에게 털어놓고 싶은 나만의 사랑 이야기를 들려주세요.

이곳은 사랑하는 당신을 위한 공간.

초콜릿으로 여러분의 마음을 녹여드려요.

여러분의 아름다운 사랑을 응원하며,

마음을 수선하고 맞춤초콜릿을 선물할게요.

"녹이긴 뭘 어떻게 녹인다는 거야…."

나지막이 이야기하는 손님의 목소리를 들은 나는 으레 들었던 말인 양 놀란 기색도 없이 손님에게 말을 붙였다.

"혹시… 짝사랑 중이세요?"

손님은 자신의 혼잣말을 들었나 싶어 짐짓 놀란 표정을 지으며 괜히 미안한 듯하면서도, 자신의 사랑을 들켜버린 것 같아 쑥스러움을 감추지 못한 채 어버버하며 대답을 했다.

"네…? 네…."

"시간 괜찮으시면 짝사랑 이야기 들어드릴까요?"

손님은 어쩔 줄 몰라 하다가, '이참에 초콜릿이라도 받을까!' 하는 마음이 들었는지 조심스레 알겠다고 대답했다.

"이쪽으로 오세요."

오늘의 첫 손님을 마중하기 위해 마련된 가게 뒤편의 소담한 짝사랑 상담소로 그녀를 안내했다. 그곳엔 고풍스러운 가게 분위기에 걸맞게 장식되어 있는 각종 물건들과 벽지의 요란스러우면서도 통일된 세련미가 물씬 풍기고 있었다. 나는 손님에게 골동품점에서 사온 두 개의 의자 중 하나를 꺼내 앉으라며 응대했다.

"근데, 사랑 전문도 아니고, 왜 하필 내 사랑 전문이에요?"

그녀는 멀뚱멀뚱 주변을 둘러보고는 앉자마자 안내문에 쓰인 제목 중 한 단어의 의미를 콕 집어 물어보았다. 바깥에 서

있을 때부터 머금고 있던 그녀에게서 은은하게 풍겨오는 향수 냄새가 가볍고 상쾌한 그녀의 걸음걸이에 맞춰 상점 여기저기에 통통 튕겨졌다. 마침내 나의 코끝에 닿은 그 향이 또랑또랑하게 물어보는 그녀를 닮았단 생각이 스칠 때 쯤 답을 했다.

"그냥 사랑 이야기가 아닌, 내가 감정의 주인공이 되는 사랑 이야기, 손님의 그런 이야기가 듣고 싶었어요. 일반 사랑 이야기엔 혼자 하는 사랑은 잘 안 껴주잖아요. 첫사랑도, 짝사랑도 모두 나 혼자만 하니까. 외롭지 말라고 위로도 해주고, 그래서 들어주고 싶었어요. 마음의 짐도 덜어줄 겸."

그녀는 '아아, 그랬구나.' 하는 수긍의 끄덕임으로 당황하고 얼떨떨한 감정을 추스르고는 이내 조금은 긴장된 듯한 표정으로 이곳에 앉은 용건의 시작을 알렸다.

"저 누군가한테 제 짝사랑 이야기 하는 건 처음이라서…."

따뜻한 커피가 괜찮냐는 질문에 좋다는 답변을 따라 드립 커피를 내려 손님의 잔과 내 잔을 탁자에 놓으며 말을 이었다.

"괜찮아요. 자신의 속마음을 터놓다 보면 어느 순간 마음에 있던 사랑이라는 감정이 나열되면서 내가 이래서 좋았지, 저래서 좋았지. 나의 오롯한 감정을 음미해보면서 추억하기도 하고, 사랑하는 감정을 꺼내보는 계기가 될 거예요. 마치 예쁘게 포장된 초콜릿 상자를 꺼내어서 한입에 녹여먹는 것처럼?"

손님은 약간의 어색함과 낯선 분위기가 느껴지는 풍경에 여전히 긴장의 끈을 놓지 않았지만 이내 곧 나의 말에 점차 마음이 열렸는지 환한 미소로 대답했다.

"성함이 어떻게 되세요?"

　그 미소에 한결 가까워진 기분이 들어 이름을 물어본 뒤 본격적으로 이야기를 들을 준비를 마쳤다.

"아, 제 이름은 송서현이요"

"서현 씨는 짝사랑 한 지 얼마나 됐어요?"

　상담자가 오면 맨 처음으로 묻는 질문이었다.

"음… 일 년 반 정도 됐나…? 벌써 이렇게 오래됐네요…."

"근데, 정말 아무한테도 짝사랑 이야기를 해본 적 없어요?"

"네…."

"어떤 이유에서인지 물어봐도 돼요? 많이 답답하고 애달프지 않았어요?"

　아무에게도 꺼내어보지 못한 감정을 처음 본 나에게 말해준다는 건 어쩌면 손님들에겐 큰일일지도 모른다는 생각에, 늘 고마우면서도 내심 어떻게 하면 더 나은 말과 위로로 손님을 대할지, 또 어떤 사연을 이 손님은 가지고 있을지 언제나 기대감 반 고민 반이었다.

"그랬죠. 그런데… 내 마음의 것을 바깥으로 끄집어내면 내 마음에 있는 감정이 오롯하게 전달되지 못할 것 같은 생각이 들더라고요. 뭔가 세상의 공기와 나의 감정을 대체하는 단어가 만나 억지로 이어져 문장을 만들면 내 사랑이라는 감정이 희석될 것만 같이 느껴졌어요. 누가 듣기에는 그저 어린애의 스쳐 지나가는 짝사랑이 될 것만 같은 거. 그래서요. 내가 그 사람을 얼마큼 좋아하는지는 내 마음밖에 모르잖아요."

"정말 서현 씨 말을 들어보니까 그럴 수도 있을 것 같네요… 아무에게도 하지 못했던 이야기 오늘 정말 제가 들어도 되는 거예요?"

그녀는 커피 한 잔에 달래진 마음과 처음 꺼내는 말에 부끄러워하면서도 크게 부푼 당찬 모습을 하고서는 "네~" 하고 말했다.

"어떻게 좋아하게 됐어요?"

나의 질문을 시작으로 그녀의 짝사랑 이야기가 시작되었다.

"음… 이거 진짜 꽤 쑥스럽네요…. 언제였더라? 대학교 2학년 때였나? 복학한 오빠가 있었어요. 저랑 같은 학년이었죠. 그냥, 처음 보자마자 반했어요. 저는 원래 사람한테 한눈에 반하거든요. 딱 봤을 때 풍겨오는 분위기와 이 사람의 첫인상? 그거 되게 진실 되더라고요. 내 촉이 좋은 건가? 아무튼. 그랬어요."

"캠퍼스에서의 사랑… 풋풋한 이야기네요."

"에이. 뭘요. 다들 하지 말라 그러는데. 그래서 그런가 안 이루어지더라고요."

그녀는 착잡한 마음을 숨기고 말을 이어나갔다.

"같은 과는 아니었는데, 같은 동아리여서 자주 봤어요. 언론 동아리였는데, 재미있었죠."

"저는 신문방송학과니까, 그런 동아리 들어가는 게 당연했죠. 근데 그 오빠는 컴퓨터공학과였는데도, 그런 동아리에 들어왔더라고요. 그래서 물었어요. 이런 동아리 왜 들어왔냐고."

'그랬더니?'라는 추임새의 얼굴 표정을 드러내자 그녀는 대답했다.

"그냥, 취재하는 게 재미있대요. 맨날 컴퓨터하고만 대화하다가 사람들 인터뷰도 하고 사진도 찍고 하면서 남의 이야기를 듣는 게 재미있대요."

"그 오빠는 공부도 잘해요. 멋있고. 어르신들 인터뷰할 때 얼마나 예의가 바른지…. 있죠, 할머니 할아버지들이 다른 애들 다 제치고 그 오빠만 좋아해요. 맨날 오라고 그러고… 그 오빠한테만 따로 먹을 거 챙겨주고… 근데 그 오빠는 맨날 할머니 할아버지가 주신 거 동아리 애들한테 나눠주죠."

그녀는 그 오빠를 생각만 해도 웃음이 나는지 신나게 이야기를 하더니, 짐짓 자신이 조금 과했나 싶었는지 들뜬 마음을 가라앉히며 이야기했다.

"하루는 같이 취재를 나갈 때였어요. 과수원을 취재하러 갔었죠. 만나자마자 그 오빠는 내가 신은 신발을 보고 대뜸 옆으로 오더니 말을 하는 거예요."

"너랑 나랑 오늘 신발 똑같네. 누가 보면 같이 산 줄 알겠다."

"똑같을 게 뭐 있어요. 그냥 길 가다가 흔하게 볼 수 있는 캠퍼스화에 뻔한 검은색인데. 그리고 늘 똑같이 신고 남들 다 신는 신발에 대고 그렇게 이야기하는데, 이 사람 뭐야, 왜 이런 말을 하는 거지? 나 좋아하는 것도 아니면서? 좋으면서도 부끄럽고 쑥스러우면서도 기뻤어요."

"뭐 어떻게, 사진이라도 찍을까요, 선배? 기념으로다가?"

"저는 하나도 안 설렌다는 거 보여주려고 아무렇지 않은 척 당당하게 웃으며 말했어요. 그리고 그 오빠랑만 같이 찍는 첫 사진을 이참에 남길 수도 있는 거잖아요."

'나 잘했죠?'라는 듯이 뿌듯해하며 그녀는 말했다.

"그래, 찍자! 은아야, 우리 사진 좀 찍어줘."

"뭐야, 뭔 뜬금없이 사진이에요. 과수원에서 찍지? 에잇, 기념이다. 찍어

줄게요."

"제 가장 친한 친구인 은아가 옆에서 성가신 일 한 번 처리

한다는 식으로 별 대수롭지 않게 찍어주고는 바로 취재도구들

이랑 짐들을 차에 실었죠."

"은아야, 나 잠깐 화장실 갔다 올게."

"과수원 취재를 다 마치고 쉬는 시간이었어요. 동아리 사람

들 모두 둘러앉아서 돌아가는 길 편의점 앞에 앉아 수다를 떨

다가 은아에게 화장실 간다고 말하고는 편의점 안의 화장실에

갔다가 돌아왔죠."

"제가 은아 옆에 가 다시 자리를 채우자마자 다른 테이블에

서 있던 오빠가 나한테 와서 말하더라고요."

"어디 갔었어? 찾았는데…."

"저는 설레다 못해 심장이 터질 것 같다는 느낌을 그날 처음

받았어요. 내 심장에 이상이 생겼나 할 정도로. 얼굴이랑 몸이 새빨개져 가지고, 뇌랑 심장이 벌렁하고 터져 나올 것 같더라고요. 그 때가 밤이어서 참 다행이었어요. 안 그랬으면 다 들켰을 걸요?"

그녀가 없는 순간에도 그는 그녀를 찾고 있었다. 그는 항상 그녀를 눈으로 쫓고 있었다. 그 생각에 그녀는 심장이 터질 뻔했다고 말했다.

"하핫, 뇌는 왜요?"

"뇌도 항상 그 선배 생각하고 심장도 항상 그 오빠 향하고, 뭐 그렇잖아요?"

역시 대학생의 창의력은 못 이긴다는 듯이 나는 웃었다.

"그런 선배한테 고백하고 싶다는 생각, 해본 적 없어요?"

손님은 이내 울적한 표정을 지으며 말을 이었다.

"그 오빠가 전 여자친구를 오 년이나 사귀었다가 헤어졌어요. 그 여자가 군대도 기다려줬대요. 많이 좋아했다고 하던데, 고등학교 때부터 이어진 사랑이니까, 얼마나 크겠어요. 내가 가늠도 못하겠죠? 그리고 그 언니 진짜 예뻤대요. 이미 다 지난 일인데, 그래도 뭔가 다가가기가 겁나는 거 있죠. 그리고 확신도 안 서고. 그 사람도 나랑 같은 마음인가. 아니면 어쩌지 하고."

"하루에도 수십 번씩 생각해요. 연락할까 말까. 밥 먹자고,

커피 마시자고 할까 말까. 고백할까 말까. 그게 벌써 일 년 반
이 흘렀네요. 오죽하면 이런 생각까지 했을까요?"

"어떤 생각요?"

"내가 그 오빠 알고리즘에 떴으면 좋겠다? 왜 있잖아요. 빅
데이터는 맨날 그 사람의 취향이랑 패턴에 따라 뜨는 거. 꼭
인터넷에서 뭐 검색하면 내가 보고 싶은 영화만 뜨고 내가 알
고 싶은 옷만 골라서 찾아주는 것처럼, 나도 그 사람의 빅데이
터에 내가 있었으면 좋겠는, 그런 마음?"

서현 씨의 발칙한 상상력이 귀여워 나도 모르게 풋-하고 웃
으며 마음속에 있는 질문을 고르다가 이내 물었다.

"주변에 서현 씨를 짝사랑하는 사람 없어요?"

낯선 질문에 당황하듯 이내 답을 고르는 서현 씨였다.

"저요? 흠… 고백은 받아봤는데, 아마 없을 걸요…?"

나는 한참을 망설이다 말을 꺼냈다.

"혹시 어쩌면 서현 씨가 좋아하는 사람이 서현 씨를 좋아할
수도 있겠다는 생각 든 적 없어요? 서로 좋아하는 마음을 모른
채 서로를 바라보는 관계 있잖아요. 그래서 가슴앓이 할 것 같
은. 뭐, 그런 거요."

의심쩍은 눈을 하곤 나를 쳐다보며 손사래를 강하게 칠 기
세로 말했다.

"에이, 그 오빠가 저를요? 여러 번 설레기는 했지만, 아니에요. 그 오빠는 누구에게든 자상하고 멋있거든요."

"그래도, 서현 씨. 사랑하는 거, 티 좀 내도 좋아요. 누가 뭐라 하는 것도 아닌데요, 뭘."

"흠… 용기를 조금 내야 하나…. 에이, 그래도 아니에요…. 음…, 에휴, 모르겠네요. 하하."

"서현 씨한테 어울리는 초콜릿 선물 하나 해드릴게요."

"으아, 너무 좋아요."

"파베 초콜릿이에요."

이럴까 저럴까 어떻게 할까 고민을 하고 있는 서현 씨 앞으로 네모난 모양의 쫀득한 식감이 매력적인 초콜릿 조각을 테이블 바로 옆 새하얀 협탁의 제일 윗칸에서 하나 꺼냈다. 검은색의 파베 초콜릿과 대비되는 각진 네모 모양의 굽다리접시 위로 금장색을 두른 채 손잡이엔 분홍빛의 고무가 연하게 감도는 디저트 포크도 준비해 마저 서현 씨에게 건넸다.

서현 씨는 감사함과 기쁨의 표현을 감추지 못한 채 초콜릿을 받자마자 입 안으로 성큼 넣었다.

"우와, 제가 제일 좋아하는 초콜릿인데. 이 하얀색 가루, 너무 맛있어요. 감사해요!"

"네, 코코넛 가루가 뿌려진 파베 초콜릿이에요. 파베는 프랑스어로 벽돌이라는 뜻이래요. 초콜릿을 사각 틀에 부어서 굳히고 그 위에 가루를 뿌리죠. 이름과는 다르게 부드럽고 입 안에서 살살 녹지 않아요?"

"네. 맞아요!"

서현 씨의 이야기를 듣자마자 부드러운 맛과는 다르게 딱딱하게 굳어져 생긴 모양새 때문에 파베로 불리게 된 초콜릿이 바로 떠올랐다. 밀가루를 넣지 않고 초콜릿과 생크림을 섞어 만드는 가나슈 형태로 탬퍼링(온도 조절) 작업이 필요 없어 비교적 쉽게 만들 수 있는 초콜릿이다.

"서현 씨 마음이 몽글몽글 녹다가도 어느 순간 틀에 박혀 그 마음이 굳어지고, 단번에 '안 될 거야.' 하는 마음 위에 또 차가운 바람과 함께한 듯한 시린 눈이 쏟아지고…."

나는 이어서 말했다.

"저 서현 씨한테 용기내서 말해도 돼요?"

"어떤 거요?"

사뭇 의아한 표정을 지으며 손님은 물었다.

"음…. 그냥, 뭔가 서로를 향한 마음은 분명 있는데, 각자 다른 형태를 취하고 있어서인지, 잘 눈에 띄지 않는… 그런 짝사랑을 서현 씨가 하고 있는 것 같아요."

나의 계속되는 사랑의 오지랖이 섞인 말에 짐짓 당황스러워하며 손님은 부드러운 초콜릿의 맛에 또 한 번 감사를 표했다. 그러고선 커피 잔의 마지막 한 모금을 마신 뒤 내가 건넨 초콜 릿을 추가로 포장한 종이팩과 함께 문 앞의 종소리를 내며 떠 났다.

Sarang de Chocolate

위스키 봉봉

서현 씨가 찾아오기 며칠 전 나에게 찾아온 손님이 있었다.

"또 사랑을 하는 게 아직은 겁나는데, 그렇다고 사랑고백을 안 하기엔 너무 슬플 것 같아요."

서현 씨의 이야기는 나에게 익숙한 사연이었다. 손님인 진영 씨가 이미 같은 이야기를 나에게 들려주고 갔기 때문이었다.

"동아리 후배를 좋아해요. 호감인가? 근데 자꾸 신경 쓰이고 계속 말 걸고 싶고… 근데 조금 조심스러운 거 있죠."

"왜요…?"

"전 여자친구랑 사귄 지 오 년 됐거든요. 다른 남자하고 바람피워서 결국 헤어졌지만… 그 이후로 왠지 누군가와 사랑을 하는 게 무섭더라고요. 사랑의 후유증인가? 그 후배를 좋아하기는 하지만 이 마음이 진짜인지 또 내가 다시 사랑을 할 수 있을지도 모르겠고…."

"사랑을 다시 시작하는 게 무서운 거예요? 지나간 사람 때문에?"

"네. 시작도 안 했는데, 겁이 나는 거 있죠. 그 친구가 자꾸 생각이 나는데… 벌써부터 사랑하는 게 두려운, 그런 거요. 제가 미리 성급하게 그 친구 마음도 모르고 김칫국부터 마시는 거죠."

"사랑을 겁내면서 지레 짐작하고 포기하는 거네요. 시작도 안 해본 사랑인데, 무서울 게 뭐 있어요. 지나간 사랑에 데어서 다가올 사랑에도 데일 거란 생각, 그것도 착각인 거 알아요?"

멋쩍은 듯 손님은 웃으며 말을 이었다.

"그러게요, 아는데… 아는데 자꾸 안 되네요."

손님은 한숨을 푹 내쉬더니 공기의 흐름에 한숨이 꺼지기를 기다리며 침묵만을 유지하고선 말을 꺼냈다.

"근데 자꾸 눈이 마주치고 자꾸 눈길이 가요. 내가 그 애한테. 그것 때문에 더 호감이 생겼던 것 같아요. 캠퍼스에서 자꾸 마주치고, 자꾸 눈앞에 보이고. 제가 강의 시간에 앞자리에 앉아서 항상 뒤를 돌아보면 맨날 그 후배랑 눈이 마주쳐요. 그 시선을 피하지 않으면, 그 친구도 저를 몇 초간 계속 바라보더라고요."

"어땠어요?"

"그냥, 뭔가, 같은 마음인가 싶으면서도, '에이 그냥 수업 듣다가 멍때렸는데 그 순간 얼떨결에 내 눈이 맞닿은 거겠지.' 뭐 이런 생각? 그러면서도 그 애가 귀여워서 나도 모르게 웃고."

"그 친구가 먼저 고백하면 어떨 것 같아요?"

"뭔가 좋기도 하고 내가 먼저 하지 못해서 미안하기도 하고, 그냥 복잡한 감정일 것 같아요. 근데 고마울 것 같기도 해요. 그 친구가 먼저 고백하면 나도 뭔가 용기를 낼 수 있을 것 같거든요. 다시 사랑할 용기 같은 거?"

"여전히 두려워요?"

"네. 오래된 이야기인데 많이 좋아했으니까, 상처로 남았나 봐요…."

"진영 씨 마음을 그분한테 드러냈다 싶었던 순간 있어요?"

"음… 아! 학기를 시작하고 캠퍼스에서 우연히 마주칠 때였어요. 그 친구가 저한테 다가오는데 저도 모르게 신나서 말했죠."

"어떻게요?"

"보고 싶었어!"

"어…? 오랜만이에요. 오빠. 잘 지내셨어요?"

"너무 반갑게 이야기해서 그랬나? 저는 진심이었는데, 그 친구는 당황해하더니 이내 으레 하는 말로 받아들이더라고요. 저는 정말 보고 싶었거든요."

나는 진영 씨의 말을 듣고는 고개를 끄덕이며 그의 눈을 지그시 쳐다보고 몇 초간의 침묵 끝에 말했다.

"진영 씨한테 어울릴 만한 초콜릿 선물해줘도 돼요?"

"음, 네! 좋아요."

"술 좋아해요?"

"그냥, 생각 많을 때 많이 마시죠."

"위스키 봉봉이에요."

와인병 모양을 띈 미니어처 같은 위스키 봉봉을 꺼내 진영 씨에게 건넸다. 봉봉(Bonbon)은 사탕이라는 뜻을 가지고 있으며, 초콜릿 속에 술이나 견과류 등 다양한 재료를 넣고 알사탕 모양으로 만든 것을 쇼콜라 봉봉이라 부른다.

스무 살이 되자마자 먹어본 술도 이 위스키 봉봉을 통해서였다. 부모님 친구로부터 선물로 들어온 초콜릿 상자를 성인이 되면 꼭 먹겠노라고 다짐하며 20대의 새해를 알리는 12시 종이 땡 치자마자 먹었던 기억이 있다. 와인병의 손잡이를 밑으로 하고 초콜릿을 깨물어 술을 단숨에 들이켰다. 그러고선 낯선 술의 맛에 얼굴을 찡그리고는 달콤한 초콜릿을 한입 가득 집어넣었다. 그것이 내게 있어 세상이 보여준 첫 어른의 맛이었다. 그때는 술이 달다는 생각은 못해봤는데, 어른이 된 지금은 술 한 잔에 초콜릿을 페어링해 먹는 게 취미가 되었을 정도다.

"봉(Bon)은 프랑스어로 '좋다'라는 뜻도 가지고 있대요. 근데 봉이 두 번이나 들어갔으니, 말 다했죠? 이 좋은 걸 못 먹으면 너무 아쉬울 것 같지 않아요? 초콜릿 안에 위스키가 들어가 있는 거, 너무 신기하잖아요. 그런데 사실 초콜릿이랑 술은 정말 잘 어울리는 조합이에요. 초콜릿에는 해독작용이 있대요. 그래서 이 2.5도의 위스키도 가볍게 즐길 수 있는 거죠. 초콜릿 한 입만 베어 물면 '톡'하고 입 안 가득 들어찬 위스키를 맛볼 수 있는데, 초콜릿 안에 뭐가 들었는지 그거 겁내어 하고 못 먹으면 위스키도 못 먹는 거예요. 저는 진영 씨가 달콤한 초콜릿도 먹고 위스키의 깊은 맛도 느껴봤으면 좋겠어요. 그 두려워하는 사랑 안에 뭐가 있을지 아직 모르잖아요."

서로를 향하고 있는 사랑이 어떻게 만나게 될지 나는 모른다. 그저 바라만 볼 뿐. 진영 씨가 가고 난 자리의 커피 잔에 따스함으로 가득 찼던 남은 커피 자국이 서서히 굳어질 쯤 포스트잇에 짤막한 글귀를 적어 내렸다. 주르륵 나열된 쪽지들로 자리를 차지하고 있는 벽면 한편에 또 한 번 포스트잇을 새로이 붙였다.

그들의 사랑이 마침내 이루어지기를, 서로의 사랑이 이곳에 닿은 것이 운명이기를, 내 사랑의 오지랖이 통했기를 바라며 그들의 사랑을 이 자리에서 응원하기로 했다.

서로 다른 곳을 보고

같은 생각을 한다.

사랑하는 사람 생각.

서로 같은 곳을 보고

다른 생각을 한다.

너라는 생각.

Sarang de Chocolate

아망드 쇼콜라

가을이 끝날 무렵의 바깥 공기는 차고 쌀쌀했다. 괜히 상점 문을 열었다 닫았다를 반복하며 환기를 시키고 있었다. 몇 번 울리지 않는 문의 종소리가 심호흡을 세게 한 후 근근이 딸랑 딸랑~ 자신만의 소리를 내고 있었다.

"사장님, 저거 새로 사든가 고치든가 해야겠어요."
초여름, 오래 전 문에 단 종소리가 고장 났을 때였다. 같이 일을 하는 재현이도 신경이 쓰였는지 나에게 말했다. 고쳐야지 하면서도 고치지 않은 게을렀던 나를 탓하며, '이번 손님이 가면 고쳐야지.' 하고 마음을 단단히 먹으며 고장 난 소리와 함께 손님을 맞았다.

"좋은 사람이에요. 좋은 사람인데, 제가 더 사랑했던 것 같아요. 그래서 미웠던 것 같아요."

장지윤. 그녀 옆에 있는 사람이 아닌 다른 사람을 짝사랑한다고 한 그녀의 이름이었다. 검은 프릴 실크 블라우스가 잘 어울리는 그녀는 아직 다 가지 않은 봄을 붙잡는 듯 의자에 옅은 모래색의 트렌치코트를 걸치고 심호흡을 한 뒤 이내 말을 꺼냈다. 서른한 살로 무역회사에서 일을 하는 그녀는 권태를 이겨내지 못하는 중이라고 했다. 그 틈을 타 친하게 지내던 직장 동료가 자꾸 눈에 밟힌다고 했다. 지금의 남자친구를 본인이 더 좋아해서 힘들었다고. 잦아지던 연락에서 늦어지는 답장이, 자주 만나던 시간이 잦은 싸움의 계기가 되었다. 그래서 이제는 조금 지쳤다고 말했다.

"저… 어떻게 해야 할까요?"

그녀는 자신의 감정이 옳지 않은 걸 알기에 이렇게 찾아왔다고 했다. 이별을 하는 게 맞는 건지, 지금의 감정을 따라서 새로운 사람을 만나기 위해 관계를 정리해야 하는 게 맞지 않을까 하며. 아니, 지금 이 마음을 가지고 현재의 남자친구를 만나도 되는 건지….

"어느 순간 만나는 게 의무가 되었어요. 무의미한 시간들이었죠. 그 사이에 내 마음에 의심이 들었어요. 내가 정말 지금도 이 사람을 사랑하는 건지 하는."

"그 직장동료분도 이 사실을 아세요…?"

"그냥, 조금. 제가 늘 고민을 털어놓으니까. 그래도 우리는 늘 그랬던 것처럼 친구로만 가깝게 지내요."

"그 친구가 위로해주는 게 좋았어요. 근데 누군가가 내게 기대어도 좋다는 말이 좋았던 건지, 그 사람이 좋았던 건지. 아니면 남자친구랑 소홀해서 더 좋았던 건지…. 너무 혼란스러웠어요."

"확신이 생겨요? 지금 이 사람이랑 헤어지고 그 사람한테 갈? 이 사람이 다시 잘해줘도, 새로운 사람한테 가고 싶은 마음이 있을 것 같아요?"

그녀는 나의 계속되지만 차분한 질문에 침묵으로 일관했다.

"…그 친구가 위로해주는 말에 쉽게 흔들리고, 아니야. 내가 너무 나약해서 그래. 그러다가도… 그래서 지금 남자친구한테 한 번은 헤어지자고 했어요. 근데 붙잡더라고요. 왜 그러냐고, 너 요즘 바쁘고 지쳐서 그런 거라고. 다시 생각해보라고."

그녀는 잠시 머뭇거리더니 말을 이어갔다.

"그래, 서로 너무 일이 바빠서 그래. 너무 오래 만나서 그래. 3년이면 조금 삐걱될 때도 됐잖아. 그러면서도, 그 사람의 모든 모습들에 서운해하면서 그 감정에 미움이 생기고, 비교가 생겨요. 헤어지자고 말한 날 붙잡아 놓고도 그 사람, 잘하려는 노력이 채 2주가 안 갔어요. 그냥 이런 마음이면 헤어지는 게 낫겠죠?"

좋아하는 감정에 가타부타 이유를 갖다 대며 사귀었듯, 이런저런 이유를 핑계로 헤어져야 할 것 같다는 그녀의 말에 나는 그녀가 그랬듯이 내 앞에 놓인 차가운 아메리카노를 얼음의 방해를 받으며 빨대로 휘휘 달그락거리며 저을 뿐이었다.

"마음 정리가 필요해요. 저… 나쁜 년 맞죠? 실질적으로는 그 직장동료랑 사랑 안 해도 마음으로는 그 사람한테 호감가지면서 바람피우고 있는 거잖아요, 나 지금."

"지금 그 사람한테 조금이라도 사랑하는 마음이 있다면, 정리하는 게 맞겠죠. 그게 지윤 씨가 할 수 있는 최대한의 예의니까. 다른 사람이랑 아무 짓 안 해도 마음으로 내 옆의 그 사람보다 더 보고 싶고, 마음이 더 간다면 그거, 상대방한테 실례인 거잖아요…."

여태껏 그 누군가도 자신을 이렇게 채찍질해준 적이 없었기에 그녀는 그동안 자기 자신만을 나무라기도 하면서 때로는 스스로를 위로했다. '권태기 때문이야. 나 때문이 아니라. 그냥 상황이, 시간이 그래서 그랬던 거야.'라고. 처음 보는 사람에게 어쩌면 당연히 들을 수밖에 없었던, 피하고만 싶었던 이야기를 듣자 그녀는 눈물을 흘렸다.

"…미안해요. 그리고 고마워요. 내가 못난 사람이라는 거 일깨워줘서, 마음 정리할 확신을 줘서, 고마워요."

계속해서 하염없이 흐르는 눈물을 닦으며 나에게 인사를 표하는 그녀였다.

"아망드 쇼콜라예요. 오렌지향이 나는, 초콜릿 안에 아몬드가 담겨 있는."

그녀의 검은 블라우스에 걸맞은, 약간의 어두운 빛을 내는 테이블 위의 2단 스톤 트레이에서 맵싸함이 감도는 아망드 쇼콜라를 집어 감정이 채 가시지 않은 그녀 앞으로 건넸다.

그녀는 눈물을 조금 머금고는 초콜릿을 받자마자 입으로 오독~하고 부러뜨려 먹으며 맛을 음미했다.

"아, 맛있네요."

"아몬드, 딱딱하죠? 어딘가 새금새금하고, 또 한편으론 쌉쌀하고, 짠맛도 나는 것 같고…. 향기롭고 부드러운 초콜릿 안에 그런 딱딱한 아몬드가 있을 줄 누가 알았을까요. 먹어본 사람만이 알겠죠."

지윤 씨는 고맙다는 말과 함께 볼에 맺혀있는 눈물을 닦고
는 상점 문을 열고 거리를 나섰다. 그녀의 하이힐에서 들려오
는 또각또각 구두소리가 조용한 거리에 메아리치듯 한동안 머
무는 듯 했다. 그 후 나는 생각난 김에 어서 고치자며 문에 달
종을 새로 샀다. 새 종은 전보다도 더 경쾌하게 딸랑~ 소리를
내었다.

그때 그 커피를 먹었던 첫 날을 잊지 못한다.

그러나 나는 그 첫 맛을 금세 잊어버렸다. 습관이 된 탓이었다.

어느새 익숙함 틈새로 또 다른 새로운 커피의 맛이 찾아왔다.

아니 찾으러 떠났다.

#2. 사랑 모양의 그 어떤 것

위로의 초콜릿

손님들의 들락날락 발걸음에 어딘가 기분이 좋은 듯 경쾌하게 울리는 문의 종소리가 조금은 잔잔해진 틈을 타, 하릴없이 한껏 늘어져 쬐는 중인 오후 2시의 햇빛이 제 역할을 해내고 있을 때였다. 그 사이 재현이는 진열장에 놓인 카카오열매 모양의 초콜릿이 담긴 포장지를 자꾸 만지작~ 만지작거리면서, 정갈하게 놓여 있는 상품의 제자리를 찾아 이리 틀었다 저리 틀었다를 반복하고 있었다.

"왜 자꾸 만지작거려~ 먹고 싶어?"

"아, 아뇨 그냥… 나름 우리 집의 효자 상품인데, 기특해서요. 어떻게 놔야 더 예뻐 보일까, 어떻게 잘 설명해야 사람들이 이 초콜릿의 진가를 알아줄까 하는, 그런 생각이 갑자기 들었어요."

정말 재현이 말처럼 이 가게에서 손님들이 줄곧 찾는 건 바로 이 카카오열매 모양의 초콜릿이었다. 카카오열매 중 달콤한 향을 가장 매력적으로 풍기며 에콰도르에서만 자라 귀한 대접을 받는 나시오날의 열매를 본따 만든 거다. 카카오열매의 모양이 주는 색다름도 인기를 끄는 것에 한몫하지만, 이 초콜릿의 매력은 식빵 크기만 한 커다란 프레첼 빵이 함께 제공된다는 점이다. 카카오열매와 비슷한 크기와 모양을 한 초콜릿과 프레첼 빵을 받아든 손님은 환한 웃음을 감추지 못한다. 아마 신기하기도 하고 설레기도 해서 일지도 모르겠다.

"왜 이름이 'Pre: D(프레드)'예요?"

언젠가 손님이 카카오열매 모양의 초콜릿과 함께 딸려오는 프레첼 빵 이름의 뜻을 물은 적이 있었다.

"Pretzel(프레첼)의 앞부분을 딴 Pre가 '미리', '사전에'라는 뜻을 담고 있대요. 거기다 카카오열매 안에 있는 크림 색깔의

Red에서 딴 D. 그래서 프레드예요."

"아… 그렇구나."

짐짓 손님은 다 이해하지 못했지만, 이해했다는 눈빛을 하곤 친구와 함께 자리를 잡고 빨리 먹을 생각에 들떠 있었다.

재현이에게서 상품을 건네받은 손님들이 이 초콜릿을 어떻게 먹을까 고민하고 있는 사이, 재현이가 곧바로 설명을 이었다.

"이 카카오열매 모양의 초콜릿을 반으로 쪼개서 한쪽 면의 가장자리를 살짝 깨물거나, 포크로 작게 흠을 내면 치즈 소스가 나와요. 반대쪽도 똑같이 하시면 되고요. 손님의 취향대로 각각의 치즈 소스를 따로 부어서 드셔도 되고 섞어서 프레첼로 찍어 드시면 돼요."

조금은 알 것 같다는 표정을 지은 손님은 내심 기대가 되는 듯 재현이가 설명한 대로 카카오열매를 반으로 쪼개 한쪽 가장자리에 포크로 작게 흠을 내곤 그 안의 크림을 둥근 그릇에 쏟아 부었다. 빨간색을 띤 치즈 소스가 카카오빈 안에서 푸우~ 하고 쏟아져 나왔다. 또 다른 카카오빈의 한쪽을 그 앞에 앉은 친구가 같은 방식으로 쏟아 부었다. 흰색의 크림 치즈였다. 둘은 서로를 바라보며 섞을지 말지 고민하더니, 이내 눈짓을 주고받으며 알겠다는 듯 두 치즈를 섞어서 프레첼에 찍어먹었다. 달콤한 초콜릿과 짭조름한 프레첼, 그리고 부드러운 치즈 소스가 만나 달조름한 맛을 내는 이 메뉴로 입가에 만족의 미소를 띤 그녀들은 계속해서 이어지는 담소와 함께 프레첼과 카카오열매 초콜릿이 담긴 접시를 비워버렸다.

그 후 한참을 부른 배를 연신 만져가며, 남은 여유를 즐기고 있었다. 그러는 사이 'Pre: D'의 뜻을 물은 손님은 한참 가게를 둘러보다 바닥에 떨어진 명함 크기의 작은 쪽지를 발견했다. 상품을 받을 때 재현이가 실수로 떨어트려 미처 건네받지 못한 쪽지였다. 손님은 쪽지에 쓰여 있는 글귀를 읽은 뒤 이제야 완벽히 이해했다는 듯 편한 미소를 띠며, 짝사랑 이야기를 들어준다는 안내판을 힐끗 쳐다본 후 내게 "다음에 또 올게요."라는 인사말과 함께 떠났다.

'Pre: D'

프레첼(Pretzel)에서 따온 '사전에' 라는 뜻의 'Pre'.

카카오열매의 한쪽에 있는 빨간 치즈 크림에서 따온 빨강(Red)의 D.

이미, 상대방을 향한 당신의 사랑은 짙은 빨간색을 띠고 있어요.

상대방이 아무리 하얀색의 무채색의 마음을 띠더라도 괜찮아요.

서로의 색이 섞이면

분홍색의 몽글몽글하고 간질간질한 사랑이 시작될 거예요.

프레첼의 모양처럼 얼기설기 그와 당신을 엮어 사랑 모양을

만들어보세요.

Sarang de Chocolate

트러플 초콜릿

"은은하게 빠졌어요."

이 말을 시작으로 혜린이라는 이름을 가진 그녀는 자신의 긴 짝사랑 이야기를 시작했다.

"저는 7년째 짝사랑 중이에요. 웃기죠?"

이제부터 지고지순한 짝사랑 이야기를 시작할 것이라는 걸 알리기라도 할 듯, 혜린 씨는 단정하면서도 카디건을 여민 진주 단추가 매력적인 분홍색의 니트를 입고 있었다. 중단발의 웨이

브에 차분하게 검은 머리끈으로 반 묶음 머리를 한, 환한 웃음 속 짙은 색채를 강하게 띤, 괜스레 마음이 가는 손님이었다.

"전요. 모든 걸 쉽게 지겨워해요. 좋아하는 연예인도 그때그때 드라마에 나오는 남자주인공에 따라 바뀌고요. 휴대전화 배경화면도 일주일에 한 번씩 바꾸고, 또, 또… 헤어스타일도 6개월에 한 번씩 무조건 바꿔요. 아, 그리고 옷도 한 번 스타일링한 건 절대 안 입고요. 그런데, 그런 저인데, 7년 간 한결같이 그 사람이 좋았어요."

"고백해본 적 없어요?"

"세상에서 제일 티나는 게 재채기, 가난 그리고 사랑이라잖아요. 저 은근 티 많이 냈는데, 그 사람은 아무렇지 않은 척, 얼버무리려는 그 관계를 지속해나가는 거죠. 아니면 그 사람은 진짜 모르거나…."

"근데 정말 웃기지 않아요? 사랑의 유효기간이 보통 3년이래요. 호르몬이 그렇게 지정했다는데. 사랑하는 사이에서도 3년이면 과학적으로도 끝나야 할 감정이 고작 짝사랑인데도 7년이나 간다는 거."

이럴 줄 모르고 이어진 짝사랑이 7년이 될 줄은 상상도 못했던 듯 그녀는 어이없어하면서도 그런 자신의 상황이 웃겨 허탈한 웃음을 지어보였다.

"혜린 씨는 그 사람한테 어떻게 반했어요?"

"왜 있잖아요, 나이가 어린데도 옛날 노래를 듣고 즐거워하는. 주말이면 도자기 공방을 찾아가 도자기를 빚는다든지, 그런 소수의 취향을 가지고, 남들 다 요즘 유행어에 웃고 할 때 자기는 몰라서 그냥 아는 척 사람들 사이에서 허허하고 웃고 마는. 그러고서는 저한테 나중에 와서, '아까 그게 뭐였어요?' 이렇게 물어보는데, 그냥 자신만을 따라가는 그 모습이 멋져 보였어요. 다른 사람의 트렌드가 어땠니, 저쨌니 하지 않고 그냥 그런 모습. 근데 뭐 다 이런다고 좋아하겠어요. 그 사람이 그래서 좋았던 거지."

"직장동료예요?"

"네, 저랑 나이가 같은 1년 선배예요. 사실 교회에서 처음 만났어요. 제가 좀 늦게 사회생활을 시작했거든요. 그 회사 들어가려고 이것저것 많이 묻고 만나고, 일부러 고맙다고 밥 사준다고 하고 만나자 그러고. 아, 걔 교회에서 기타도 쳐요. 멋있죠? 교회에선 친구처럼 지내고, 회사에선 제 이름을 부르면서 존댓말을 하는데 그냥 매일 설레고 마냥 좋아요."

"그 동안 그분은 여자친구 없었어요?"

"그냥, 잠깐 사귀었다가 깨졌다가, 그러는 것 같아요. 저도 그 사람을 잊고 싶다며 다른 사람을 만나면 그 사람만 자꾸 생각나서 아니다 싶어 헤어지고."

"속상해요?"

"네, 어쩔 땐 화나기도 해요. 속상하게도 제일 부러운 상대
가 누군지 알아요?"

나는 누구냐고 물었고, 그녀는 이렇게 답했다.

"그 사람이랑 사귀었다가 헤어지는 사람들. 그렇게나 그 사
람과의 사랑과 이별이 쉬웠다니. 분하고 가끔은 부럽고. 나는
그 사람을 사랑하는 것만으로도 이렇게나 아프고 힘들고 어렵
던데. 역시 내 사랑만 이런 거구나. 그렇게 쉽게 이별할 사랑을
왜 하나. 아깝게. 그저 내가 좋아하는 사람과 어울리지 않는,
내가 생각하기엔 충분치 않은 그 사람들이, 나에게 과분한 그
사람을 만나는 게 아까운 게 아니라, 그들이 나누는 감정이 그
냥 아깝다 생각하며, 마지막으로 이 감정은 그저 가지고 싶은
것을 갖지 못하는 사람의 못된 심보인 것 같아요."

"그리고 억울해요. 가끔은 짜증나고. 저도 이러기 싫은데, 쓸
데없는 일이라는 거 아는데, 매번 울리지도 않을 휴대전화를
몇 번이고 계속해서 봐요. 그 사람한테 연락 올 일이 없는데도
괜히 자꾸 문자를, 통화목록을 확인해요."

그녀는 좋아하는 마음에 담긴 미움과 속상함, 화남 그리고 이
루어지지 않는 사랑에 대한 억울함을 토로하면서 이야기했다.

"어쩔 땐 그 사람이 진짜 좋은 여자친구 만나길 빌어요. 근데 한편으론 그 좋은 여자친구가 나였으면 좋겠다는 생각을 수십 번 해요. 그렇게 걔의 행동과 표정 하나에 내 마음도 왔다 갔다, 내 결심도 왔다 갔다. 꿈에 수십 번도 더 나와요. 내가 걔를 수백 번 생각하니까 그런 거겠죠."

"자주 만나고 오래 만나면 되게 친한 사이 같을 텐데, 어때요?"

"그냥, 친하다면 친하고 안 친하다고 하면 안 친하고. 근데 전 있죠. 친한 사이가 되기는 싫어요. 같이 놀고 밥 먹고는 하는데, 그냥 그저 그 애의 교회 친구로, 회사 동료로 남아 있고 싶은 거죠. 자존심 때문에, 친해지면, 더 가까워지면 내가 그 친구를 좋아한다는 사실 때문에 멀어질 것 같아서. 그 친구 주변을 뱅뱅 맴돌지만, 가까워지려고 하면 멀어지고, 멀어지려고 하면 가까워지고 싶어 하고."

"연락은 종종 해요?"

"그냥 이것저것 물어보고, 아무래도 공감대가 많으니까. 근데 매번 그래요. 걔 문자를 기다리느라 밤새 이렇게 저렇게 긍정회로를 돌리고, 바빠서, 피치 못할 사정으로 문자를 못했을 거야. 아침이면 자느라 답장 못했을 거야. 밤이면 자느라 답장 못했을 거야. 오후면 바빠서 문자 못했을 거야. 다 부질없는 생각이죠. 그 친구에게 제 문자는 쌓여있는 문자 중 그저 하나였을 뿐인데."

이곳의 손님들은 대부분 고백의 용기를 얻거나 상대를 잊고 싶어 자신의 짝사랑 이야기를 훌훌 털어버리려고 온다. 순애보 같은 사랑을 이 상점에다가 가득 싣고 하나하나 풀어 놓는다. 혼자 하는 사랑을 들려주러 혼자 왔다 혼자 간다.

"영어로 짝사랑이 'Unrequited love'래요. 보답 없는 사랑이라는 뜻을 담고 있어요. 웃기죠? 짝사랑이 보답이 없다니. 혼자 사랑하는 사람에겐 이보다 괴로운 스포일러가 또 있을까요? 단어만으로도 나의 가슴 아픈 사랑을 예견하는 짝사랑이란 거잖아요. 세상에 이렇게 괴로운 미래를 암시하는 단어가 있다니. 짝사랑은 하기도 전에 애초에 기대를 말라는 건지. 그래서 짝사랑을 사랑으로 인정하지 않는 게 참 억울한 것 같아요."

"그러네요. 왜 짝사랑은 같은 사랑인데도 못난 취급을 받을까요? 남들 다 하는 사랑이 이렇게 나만 못할 일이에요? 아니지, 사랑에 잘하고 못하고가 어디 있어요. 그냥, 그냥 사랑을 못하는 내가 못난 거지."

제대로 된 사랑을 하지 못하는 자신의 모습을 못났다 여기며 손님은 한숨을 푹푹 내 쉬었다.

"오죽하면 저는 남들 다 좋다는 봄도 싫어요. 억지로 행복해야만 될 것 같잖아요. 그냥 바깥에 있기만 해도 날씨에 설레고 옆에 누군가 없으면 안 될 것 같은 날씨잖아요. 저는 벚꽃이 질 때가 마음이 놓여요. 이 봄, 벚꽃이 졌으니 내가 이겼구나. 뭐, 그런 생각. 이기적이고, 못났죠? 왜 그 사람은 내 사랑을 이렇게 못나게 할까요?"

짝사랑에 힘들어하는 혜린 씨를 위로하며 나는 초콜릿 하나를 추천했다.

"혜린 씨. 이거 어때요? 트러플 초콜릿."

"트러플 초콜릿?"

"트러플이 우리나라 말로 송로버섯이에요. 많이 들어봤죠? 왜, 세계 3대 진귀한 식재료로 불린다고 하잖아요…. 하하. 근데 그 버섯이 들어가 있는 건 아니고, 그 버섯의 모양을 본 따 만든 초콜릿이에요. 그러니까, 혜린 씨 사랑은 어디에 갔다 놔도, 무엇으로 만들어도 사랑 모양을 띠고 있어요. 혜린 씨의 사랑도 충분히 예쁘고 귀해요. 누군가를 사랑하는 것만큼 예쁜 게 세상에 어디 있어요. 그런 경험 한 번쯤은 세상 살면서 해도 좋지 않을까요?

"이 초콜릿 안에 아무거나 맛있는 건 어떤 것이든지 다 넣을 수 있어요. 이를테면 초콜릿 크림이든지, 과일 종류든지 혜린 씨가 원하는 건 다요."

그러니 손님의 사랑에 아무것이든 좋아하는 어떤 것을 넣으라고 말했다. 자신이 좋아하는 무엇이든 넣고 사랑의 모양을 띠면 그게 무엇이든 가장 아름다운 거라고. 송로버섯의 모양을 한 초콜릿셸 안에 기호에 따라 안을 채우면 귀한 트러플 초콜릿이 되는 것처럼.

처음으로 트러플 초콜릿을 만들던 때가 기억이 났다. 벨기에식의 초콜릿 안에 속 재료를 넣는 한 입 거리의 크기를 가진 종류의 초콜릿을 통틀어 프랄린 초콜릿이라 부른다고 배웠다. 다양한 크림과 재료들로 속을 채우는 과정은 신기하기도 했다. 신기한 만큼 만드는 과정은 꽤나 어렵기까지 했다.

처음이어서 더 어려웠던 것 같기도 하다. 녹인 초콜릿을 몰드에 붓고는 몰드 속 초콜릿이 식기도 전에 다시 녹인 초콜릿 통에 붓는다. 몰드에 틀로서 남아 있는 초콜릿이 굳기까지 기다린 뒤 빈 속을 채우기 위해 또 다시 초콜릿 크림을 넣고 녹인 초콜릿으로 몰드를 감싼다. 이러한 기법을 탄생시킨 벨기에의 한 초콜릿 가게 덕분에 벨기에가 고급 초콜릿으로도 유명해지게 되었다.

이것저것 다 넣을 수 있다는 말에 처음에는 내가 좋아하는 건 다 넣는 시도도 많이 해봤다. 건포도를 넣어도 보고, 녹차

크림을 넣어도 보고. 맛은 처음이라 그런지 장담은 못했지만, 그래도 트러플 모양이 주는 매력적인 초콜릿은 어지간해서 맛이 없을 수가 없었다. 내가 직접 만들어서 맛있었던 걸지도 몰랐다.

사실 답은 없다. 내가 연애박사도 아니고, 코치도 아니고 이러쿵저러쿵 말해봤자 어차피 그들 마음 가는 대로 할 뿐이다. 그저 내가 할 수 있는 건 들어주는 것뿐. 사랑에 용기를 주는 것뿐. 짝사랑하는 사람을 사랑하듯 내가 가장 좋아하는 초콜릿으로 나만의 방식으로 그들을 사랑한다고 위로해주는 것뿐이다.

하필 너였다.

하필 널 사랑한 건 나였다.

흐르는 시간 속에서도 하필 내 초점만

너를 향한 채 멈춰 있었다.

어딘가 낯익어 보이는 두 사람의 실루엣이 상점의 문을 활짝 연 만큼이나 입가에 깊게 떠오른 미소로 방긋하게 웃어 보이며 문을 연 속도에 맞춰 점차 선명하게 가게로 들어왔다. 지난 번 방문했던 서현 씨와 진영 씨였다. 그 둘이 손을 잡고 걸어오는 모습을 보고 나 또한 큰 웃음으로 화답했다. 그들은 오자마자 잡은 손을 보이며 "우리 사귀어요."라며 신나게 말했고 그들을 이어준 건 다름 아닌 '사랑 데 초콜릿' 종이가방 덕분

이었다고 했다.

"그때 대표님께서 추천해주신 초콜릿을 포장해 갔잖아요. 그 길에 우연히 이 오빠를 만났어요."

"어, 너 이 초콜릿 가게 좋아해? 나도 이 상점 자주 가는데…."

"그때 무슨 용기가 났는지, 대표님이랑 이야기하고 난 직후여서 그랬나 그동안 참았던 말이 술술 나오더라고요."

"어? 그럼 여기서 짝사랑 상담하는 거 알아요?"

"어, 그럼 알지."

"저 여기서 짝사랑 상담하고 돌아오는 길이에요. 1년 반 동안 좋아했다고 어떻게 해야 하나 고민하고 있다고 말했거든요. 근데 그분이 사랑하는 거 티 좀 내도 된대요. 상대방도 나 좋아할 수 있을 거라면서. 그래서 이렇게 용기 냈어요. 저, 좋아해요. 오빠."

"그렇게 고백을 받고, 저도 실토했어요. 나도 여기서 너 짝사랑한다고 말했다고. 그래서 언제 고백을 할지 엿보고 있던 때였는데…. 바로 그렇게 고백을 받게 되어서 조금 부끄럽기도 하고 미안하기도 하고 좋더라고요. 그래서, 그 이후로 이렇게 사귀게 되었어요."

덕분이라며 고맙다는 인사말을 전하는 그들 앞에서 어쩌다 사랑의 큐피드 역할을 하게 되어 머쓱한 모습을 취하는 나에게 두 사람은 시시콜콜한 이야기를 전해주었다. 어떻게 우리의 이야기가 서로의 이야기인 걸 단박에 알아차렸냐며, 서로 여기서 짝사랑 이야기를 하고 이 가게를 통해 만나게 되었으니 운명이라는 말을 여러 번 한 후 'Pre: D'를 포장한 다음 마지막 말을 전하고선 길을 떠났다.

"이젠 우리 둘 기념일 때마다 찾아올게요."

연인이 된 두 사람을 뒤로하고 재현은 자못 들떠 있는 분위기를 틈타 내게 물었다.

"대표님은 처음 본 손님들의 가장 민감할 법한 이야기를 어떻게 그렇게까지 끌어낼 수 있어요?"

문득 한 커플을 성사시킨 뿌듯함이 감도는 우리들 사이로 재현은 줄곧 궁금했던 질문을 하는 거라는 듯 마음속에 준비했던 양 바로 질문을 꺼냈다.

"원래 사람은 처음 본, 다시는 안 볼 사람한테 진솔한 이야기를 하는 경우가 더러 있잖아. '오늘 아니면 안 볼 사람인데.'라는 마음으로 쪽팔림도 부끄러움도 없이 자신의 속마음을 털어놓는 거지. 나는 용기 있는 그들의 말을 그저 들어주고 올바른 결심을 할 수 있도록 그들이 고백을 할지 말지에 대한 굳은 결심을 단단한 초콜릿으로 비유해서 위로해준다고도 할 수 있을 것 같아."

나의 이야기를 끝으로 재현은 궁금증이 조금은 해소된 듯 편한 자세를 취함과 동시에 두 엄지를 척하니 내게 보였다.

"역시, 사장님은 내가 생각한 것만큼 멋져요."

"에이, 내가 하는 건 별로 없어. 어떻게 보면 나를 찾아와서 용기를 내고 결정을 한 우리 손님들이 더 멋진 거지. 내가 하는 거라곤 그저 들어주는 것밖에는 없는데 뭐. 각자에 맞는 결정을 내려주는 데 약간의 도움을 주는 정도?"

재현의 칭찬이 조금은 부끄러웠던 건지 나는 헛기침을 한두어 번 하며 그렇게 말을 돌렸다.

"그냥, 내가 좋아하는 초콜릿을 사람들이 더 뜻깊은 마음으로 추억하고, 이 가게를 오랫동안 기억했으면 하는 바람에 그랬던 것 같아. 이 조잡스러울 것 같은 인테리어도, 또 내가 좋아하는 초콜릿이랑 손님의 짝사랑 이야기를 듣는 것 모두 다 안 어울려 보이지만, 그래도 나름 또 분위기 있게 '사랑 데 초콜릿'이라는 간판 아래 제법 어울리게 됐잖아."

'사랑 데 초콜릿'을 열 때 또한 그랬다. 초콜릿 만들기를 다 배웠다 생각했을 쯤, 그저 내가 좋아하는 초콜릿으로 사람들을 만나고 싶었던 것뿐인데, 내가 느꼈던 비슷한 감정을 품은 사람들에게 더 공감해주고 싶은 그 마음 덕분에 짝사랑을 하고 있는 사람들을 손님으로 만나게 되었다.

그래서 장소를 어디로 택할지 고민도 많이 했다. 어느 곳에 가게를 열어야 사람들이 마음의 문을 더 잘 열 수 있을까? 초콜릿이 잘 팔리도록 유동인구가 많은 곳을 택해야 하는지, 내가 만든 초콜릿을 모두가 접할 기회가 많도록 접근성이 좋은 역 근처로 해야 하는지, 그렇게 이곳저곳 괜찮은 장소를 여러 번 방문한 후 큰 근심을 가지고 그저 흘러가는 길 따라 걷고 있었다. 그렇게 발견한 곳이 이곳이었다.

사람 사는 냄새와 이 가게 저 가게에서 풍기는 냄새가 한데 섞인 공기가 길거리를 배회하다 채 다 빠져나가지 못할 만큼, 좁디좁은 골목길이었다. 그래서 마음에 들었다. 초콜릿 향으로 가득 밴 골목 어귀에서 지나가는 행인들이 맛보지 않고도 달콤한 무언가에 행복한 감정을 느꼈으면 하는 바람에서였다. 그러다 초콜릿향이 발목을 이 가게로 이끈다면, 그마저도 생각지도 못한 기쁨이라고 여겼으면 좋겠다고 생각했다. 더불어, 이 좁고 굽이진 골목길에 꽁꽁 감춰두었던 사랑 이야기를 하게 되어도 밖으로 새어 나갈 일이 없을 것이라 손님들이 안심했으면 좋겠다고 여겼다. 용기내서 한 사랑 고백이 이 구불구불

한 골목길을 빠져나가다가 갈 길을 못 찾고 결국 이야기의 시작점인 이곳에 편안히 그저 머물기를 바랐다.

"어떻게 보면 사랑도 그런 거 아닌가 싶어. 서로 안 어울리고 안 맞아 보여도 사랑이라는 감정 아래 함께하는 거. 생각해보면 그래."

재현은 나의 긴 말에 한마디를 덧붙여 이야기했다.

"맞아요. 모든 게 다 달라도 또 어떻게 보면 같아지는 거. 아니면 서로 비슷해지고 맞춰가는 건가. 같은 분위기 아래? 전 다양한 분위기를 풍기는 이 가게에서 상담을 하고 초콜릿을 만드는 대표님이 멋있어요. 저 같아도, 대표님한텐 무엇이든 다 말할 수 있을 것 같아요. 대표님의 눈빛에는 '말해도 돼. 괜찮아!'라고 말하는 무언의 토닥임이 있거든요."

어려보이기만 했던 재현이가 나름 진지한 표정으로 한 말에 고맙기도 하고 쑥스럽기까지 했다.

"저…, 사실 아까 초콜릿 진열하다가 판 초콜릿 하나 떨어트렸어요. 용기 있게 말했으니까 용서해줘야 해요. 알았죠?"

어쩐지 진지하다 했다. 이 말을 하기 위해 그렇게 긴 서론을 깔았구나 싶었다. 큰 소리로 '사랑합니다.' 하며 손으로 크게 하트 모양을 그리고는 때마침 문을 열며 들어오는 손님을 환하게 맞이하는 재현이었다. 나는 그럼 그렇지 하는 생각에,

재현이의 장난기 가득함이 손님을 맞이하는 그의 등 뒤에서도 느껴져 옅은 미소로 웃어 넘겨버렸다. 그런 내 모습에 손님들이 눈치 못 채게끔 재현은 낮은 목소리로 내 옆으로 다가와 속삭였다.

"그래도 대표님의 눈빛이 괜찮다고 말한다는 건 진심이에요. 알죠?"

Sarang de Chocolate

다크 초콜릿

"숏컷으로 자른 그 누나의 모습은 아직도 잊히지가 않아요. 전 제가 머리를 짧게 자른 여자를 좋아하는지 그때 처음 알았어요. 아마도 그 사람이 예뻐서겠죠, 숏컷 머리를 한."

한 살 많은 누나이자 먼저 사회생활을 하고 있는 선배를 2년간 좋아하고 있는 동혁 씨가 찾아왔다.

그가 그녀를 처음 본 건 복학하고 간 모임에서였다. 그의 과로 전과를 한 그녀를 동혁 씨는 복학 후 첫 학기에, 그녀의 마지막 학기에 만나게 된 것이었다.

"오랜만에 본 누나는 그렇게 머리를 짧게 잘랐어요. 취직에
성공하고, 회사에 들어가기 전 쉬는 시간이었죠. 긴 생머리를
자르고 처음 본 날부터였어요."

'아, 내가 이 사람을 좋아하는구나.'

"그때부터 자주 봤어요. 내가 학생일 때도, 내가 취업한 회
사가 그 누나 회사랑 가까웠을 때도. 틈날 때마다 점심시간이
면 근처니까 밥 사달라고, 밥 사주겠다고 만나고. 누나랑 저 되
게 많이 친해졌었어요."

"근데, 있죠."

체념을 한 듯 보이는 그의 표정엔 착잡하고 알 수 없는 감정
이 서려 있었다.

"어느 날 만났는데 그 사람의 네 번째 손가락에 반지가 보이
더라고요. 저번에 선을 본다고 했었는데 그게, 잘됐나 봐요. 나
만, 또 내 사랑만 잘 안 된 거였죠."

그는 말을 이었다.

"그 반지 뭐야? 물어봤어요. 뭔지 뻔히 알면서. 짐작은 했죠.
근데 '아, 아닐 거야, 아니겠지.'라고 생각했어요."

"나 저번에 선 본 사람이랑 사귀고 있어. 며칠 안 됐는데, 반지는 좀 쑥스러운가. 하하."

"부끄러운 듯 말하는 누나가, 그 사람 생각하면서 쑥스러운 듯 웃는 그 모습이 전 또 예뻐 보였어요. 짜증나게도."

"선 보는 거 알고 있었어요?"

"네. 그냥 장난으로 '취업하면 남자친구 사귀어야지' 맨날 이랬으니까, 그래서 이번에도 장난으로 하는 말인 줄 알았어요. 근데 그때는 진심이었나 봐요."

속상한 사연에 나는 침묵으로 그를 위로했다.

"이번에도 '아니나 다를까'였어요."

서두를 여는 그의 말에 나는 의아한 눈짓으로 그 다음 말을 물어보았다.

"제가 좋아하는 것들은 이미 남들도 다 좋아해요. 저번 짝사랑도 그랬고, 이번 짝사랑도 그래요."

"전에도요?"

"좋아한 지 한 1년 좀 됐나…. 그 사람도 남자친구가 있었어요. 한눈에 반했는데…. 남자친구가 있더라고요. 홀홀 털어 잊어버리고 그러다 전 여자친구를 사귀고 이렇게 저렇게 헤어지고."

"……"

"전 신기하게, 제가 좋아하는 무명 배우들도 어느 순간 시간이 지나면 다 유명해져 있어요. 웃기죠? 한 번도 안 그랬던 적이 없어요. 내가 좋아하는 사람을 세상이 시기해서 만인의 여인으로 만들어버리는 건지. 그런 거 있잖아요, 나만 알고 있는 배우로 간직하고 싶은 마음. 근데 왜 내 눈에 좋아 보이는 건 남의 눈에도 좋아 보이는 걸까요…. 이번엔 아예 그 누나가 못을 박은 거죠. '네가 좋아하는 것들은 네 것이 될 수 없어.' 하고 말이죠."

동혁 씨는 이어서 말했다.

"웃기게도 내 세상이 나라는 사람을 정형화시켜요. 나는 사랑하면 안 되는 사람이라고 말이죠."

"사랑 편하게 하는 이들이 부러워요. 난 그게 그렇게도 어려우니까. 내 사랑은 정당화될 수 없잖아요. 내가 그러고 싶어서 그런 게 아닌데도…."

좋아하면 다 될 줄 알았다고 했다. 온 우주가 나를 도와줄 줄 알았다. 에라, 모르겠다. 그만 징징거려라. 네 소원 들어줄게. 그럴 줄 알았다. 차라리 이젠 사람을 싫어하는 게 더 나을지도 모르겠다. 내가 좋아하는 사람은 나를 좋아하지 않는다. 동혁 씨에게 그것만큼 서러운 건 없었다.

"모두의 눈은 다 좋은 것을 바라보니까요. 동혁 씨가 좋은 것만 사랑하는 능력을 가지고 있나 봐요. 사람 보는 눈이 좋은 거 아니에요?"

"그게 또 능력이라면 능력인가요?"

그는 허탈하게 웃으며 한숨을 내쉴 뿐이었다.

"심지어는 조금만 호감이 생긴 여자도 어느 순간 바로 남자친구를 사귀더라고요. 오죽하면 제 동성친구들이 장난으로라도 그랬겠어요. 나 좀 좋아해 달라고, 여자친구 좀 사귀게. 전, 서러운데 말이에요."

"…제가 웃긴 거 이야기해드릴까요?"

그간의 서러움이 물밀듯이 몰려온 그가 갑자기 무언가 생각이 났다는 양 물었고, 나는 궁금한 눈짓을 지었다.

"어느 날은 도서관을 간 적이 있어요. 서로 다른 장르의 책 두 권을 읽으려고 갔었죠. 도서검색에도 '대출가능'이라는 4글자가 떴고, 저는 책이 있는 자리를 찾아 빌리기만 하면 됐어요. 그런데 그 책들이 있어야 할 곳에 없는 거예요. 정말, 아무리 찾아도 없었어요. 그래서 사람들이 지금 읽고 있나 해서 도서관에 있는 사람들의 책 제목을 유심히 찾아도 봤어요…. 근데 있죠. 그 책이 어디에 있었는지 알아요? …도서관 문 입구 바로 앞 인기책 코너에 떡하니 놓여있더라고요. 그걸 보고 참,

어이없어서 웃음이 나더라고요. 책마저도 있어야 할 그 자리에 없고, 남들에게 잘 읽히는 추천 도서로 다른 곳에 비치되어 있구나. 그냥, 그게 마치 내 모습 같았어요. 그 상황이. 내가 찾고자 하는 곳에 있어야 할 사람들은 이미 남의 눈에도 좋아 보여. 그렇게 말해주더라고요. 난 헛질을 한 셈이죠."

"에휴…."

자신의 상황에 빗대어 표현한 상황을 긴 침묵으로 마무리한 그에게 나는 조심스럽게 물었다.

"아무래도 그 여성분 진지한 만남이겠죠. 1년 가까이 됐으니까…?"

"모르겠어요. 아마도 그렇지 않을까요? 그 남자는 그 사람보다 5살이나 더 많대요. 안정적인 직장인이고, 더 성숙한 사람이죠. 저와는 다르게…."

"그리고 그땐 아직 사귄 지 얼마 되지 않아서 아무한테도 말 안 했다고 하더라고요. 조금 있으면 말한다고. 근데 맨날 저한테만 그랬어요."

"너한테만 말하는 거야. 다른 사람한텐 말하지 마."

"왜, 맨날 나한테만 먼저 말할까요? 내가 그 누나한테 가장 중요한 1순위도 아니면서. 내가 그렇게 만만했나, 편했나, 별 생각이 다 들어요."

"근데 더 서러운 건 뭔지 알아요? 그 남자가 나보다 잘났다는 거, 내가 가지지 못한 거 그 사람은 이미 다 가졌다는 거. 그러다가도 내가 그 남자보다 못한 게 뭐지? 그 사람은 어디가 잘난 거지? 이런 생각을 몇 번이고 계속해요. 상대도 안 되는데 말이죠."

동혁 씨는 좋아하는 사람에게 다가가기까지 좋아하지 않는 것들과 많은 교류를 했다고 말했다. 티 안 내려고. 마시지도 않는 술을 마셔가며, 술자리에 그 사람이 있을까 매번 갔고, 상대방에게 부담일까 봐, 다른 사람의 기념일을 거창하게 챙기면서까지 그 사람의 생일에 선물을 했다고 했다. 어쩔 수 없는 그의 방식이었고 그의 선택이었다고 했다.

"근데, 제가 미리 고백하지 않은 거, 그게 자꾸 후회되고 속상한 거 아는데 용기 없던 나를 탓하기보다 자꾸 그들의 사랑을 탓하게 돼요. 그 두 사람, 그냥 깨졌으면 좋겠다. 다시 나한테 기회가 왔으면 좋겠다. 그 남자가 우리 누나한테 정 떨어졌으면 좋겠다. 그 남자가 바람 폈으면 좋겠다. 나한테 기댈 수 있게. 이런 마음이 생겨요."

"이랬으면 좋겠다. 저랬으면 좋겠다. 이런 마음이 자꾸 반복

되니까, 정말 죽겠어요. 어떤 날은 제 스스로 간절히 빌어요. 내가 당당하게 고백이라도 할 수 있게 해달라고."

"자꾸 그들의 사랑이 빨리 끝나기를 바라요. 내가 못나서 그런가, 욕심이 많아서 그런가. 그 사랑이 끝나도 나한테로 이어질 것 같지 않은데…. 내가 못나서 그래요."

"깨질 것 같아. 너무 자주 싸워."

상대방은 늘 동혁 씨에게 연애상담을 하고, 당사자는 그저 귀 기울여 들을 수밖에 없었다. 별 수가 없었다.

"어떤 날은 진짜 깨질 것 같다더니 그 다음 날은 또 함께 놀러가서 찍은 사진을 남들 다 보는 데에 올려요. 그런 소리나 하지 말지. 괜히 사람 기대감 생기게…."

"사랑노래 들어보면 그렇잖아요. 임자 있는 사람을 멀리서 바라보며 애틋하게 사랑했다고 포장하는 거. 멀리서나마 네가 좋은 사람 만나 행복하기를 기도해. 막, 그러잖아요. 근데 그거 실제로는 진짜 구려요. 왜 하필 내가 좋아하는 사람을 누군가가 좋아할까. 왜 그 사람은 나를 안 좋아하고 그 사람을 좋아할까."

"그 사람과 밥 먹고, 놀고 해도, 저는 어쩔 수 없는 그냥 남자사람친구예요. 그냥 믿음직스러운 친구. 그냥 나는 인간 대 인간, 좋은 동생, 딱 거기까지인 거죠."

"넌 참 좋은 동생인 것 같아."

"어느 날은 이렇게 이야기하더라고요. 이젠 정말 친구가 되어버렸어요. 이러지도 저러지도 못하는."
"저는 고백할 용기라도 있었으면 좋겠어요. 용기 있는 사람이 미인을 얻는다는 말 있잖아요. 근데, 저는 그것조차 못해요. 제가 바라는 건 그냥 먼발치서 한 사람을 좋아하고, 동경하며 응원하는 거 말고, 옆에서 함께 있었으면 좋겠어요."
"원래, 짝사랑은 찌질한 거라잖아요. 왜 그럴까요? 사랑은 아름다운 거라면서, 왜 짝사랑은 그렇게도 구릴까요? 짝사랑하는 당사자도 짜증나는데, 얼마나 비참해요. 혼자 북 치고 장구 치고, 나 혼자 사랑했다가 나 혼자 설렜다가, 나 혼자 끓었다가, 나 혼자 끝내고. 이게 뭔가 싶어요. 진짜."
주저리주저리 자신의 짝사랑 이야기를 끝낸 손님은 어느새 부끄러운 듯 자신의 말이 조금은 길었나 싶어 고개만 숙이다 이야기했다.
"저 너무 찌질하죠? 이렇게 짝사랑하는 거."

"아니요, 짝사랑하는 모두는 다 을이에요. 어쩔 수 없지만, 나 좀 봐 달라고, 나 좀 사랑해 달라고, 안간힘을 쓰잖아요."

"근데 돌아오지 않을 사랑의 답변에 굴하지 않고 그 사랑하는 마음 지키려고 하는 것도 멋있고, 선 안 넘으려 하는 것도 기특해요. 얼마나 멋있어요. 스스로 누군가를 사랑하는 거, 아무도 가르쳐주지 않았는데. 미워하는 것보다 사랑하는 게 더 낫잖아요."

"그니까 멋있어요. 동혁 씨. 혼자 사랑할 수 있는 거. 그 사람이 본인 좋아하지 않아도. 대견해요. 하하."

축 쳐져 있는 손님을 위로하기 위해 어색한 듯 짓궂은 척 더 밝게 구는 내게 그는 희미하게 웃음을 보였다. 그는 생각을 정리하는 양, 벽장에 놓여 있는 예쁘게 포장된 초콜릿 상자들을 찬찬히 다 훑고 난 후 입을 뗐다.

"들키고 싶은데 들키고 싶지 않은 그런 마음. 들키고 싶은 건 그 사람이 나와 같은 마음일 때, 들키고 싶지 않은 건 그 사람이 나와 다른 마음일 때겠죠?"

무슨 대답을 듣고 싶은지 아는 그에게 선뜻 말할 용기가 나지 않아 뭐라 대꾸하기 어려웠고 그저 그를 쳐다만 보았다.

"이젠 정말 접어야 할까요? 사랑하기가 겁나요. 내가 먼저 좋아했는데…. 사랑이 선착순이었다면, 가장 열심히 한 사람에게로 돌아갔다면, 그건 아마도 제가 일등이었을 거예요. 근데 사랑은 아닌가 봐요. 먼저 좋아한 건, 그 누구보다 열심히 한 건 의미가 없어요. 당사자의 눈에 띄는 게, 그게 일등이었으니까요."

허탈한 듯, 이젠 포기해야겠다는 듯 자신의 복잡하고 늘어진 생각을 따라 긴 한숨을 쉬며 마른세수를 하는 그였다.

"동혁 씨. 사랑받고 싶어요?"

나는 물었다. 당연한 답이 들려올 걸 알면서도.

"네. 그게 그 사람으로부터 온 거라면 더 좋겠지만요."

그를 향해 입가에 미소를 얹고는 작게 포장된 짙고 묵직한 향이 나는 다크 초콜릿을 건넸다. 검은색의 알루미늄 호일로 덮인 고급 포장지에 보라색 리본으로 매듭지어진 초콜릿이었다. 보통 초콜릿을 포장할 땐 초콜릿으로 열이 들어와도 쉽게 다른 곳으로 방출될 수 있어 잘 녹지 않도록 열전도율이 높은 알루미늄 호일을 쓴다. 동혁 씨의 짝사랑이라는 감정도 어쩌면, 아니 어쩔 수 없이 알루미늄 호일로 덮여지기를 바랄 뿐이라는 생각이 문득 들었다.

"카카오 메스예요. 다른 성분 전혀 없는 순도 100퍼센트의 초콜릿. 많이 쓰죠?"

감사의 눈짓과 함께 포장된 초콜릿을 열며 입 안에 넣자마자 약간의 찡그린 표정을 짓는 그에게 말했다.

"음. 좀 쓴데 그런대로 맛있네요. 정통 초콜릿을 먹는 기분?"

"맞아요. 그것처럼 사랑은 써요. 근데 깊기도 하죠. 아무리 쓴 초콜릿도 엔돌핀을 줘요. 즐겁고 행복한 기분을 느낄 수 있죠. 그니까 제 말은…"

약간의 뜸을 들이다 말을 덧붙였다.

"아무리 써도 동혁 씨의 감정은 100퍼센트, 사랑이었어요. 그 사람 때문에 조금이라도 웃었고 조금이라도 행복했고, 그걸로 충분히 멋있는 사랑이었어요."

그의 짝사랑이 하염없는 기다림이 될지, 아니면 끝내 어쩔 수 없는 포기를 선택하게 될지 알지 못한다. 그러나 분명한 건 손님의 짝사랑은 오늘부로 결단을 내릴 거라는 거. 초콜릿이라는 달콤함 뒤에 가려진 쓰디쓴 카카오를 삼킨 그가 자신의 감정을 어떻게 소화할 수 있을지 여전히 미지수이지만, 그의 쓴 사랑엔 적어도 행복이 담겨 있었다는 거, 그가 알기를 바랐다.

꼭 신발 한 짝만 신발 끈이 풀린다.

꼭 이어폰 한 짝만 자꾸 빠진다.

꼭 나만 너를 좋아한다.

꼭 너만 나를 안 좋아한다.

Sarang de Chocolate

화이트 초콜릿

기분 좋은 가을 날씨를 제대로 만끽하기도 전에 닥쳐온, 춥고 쌀쌀한 겨울 계절을 미워하다 조금은 두꺼워진 겉옷에 익숙해질 때였다.

"여기 이별했는데 찾아와도 되나요."

첫사랑과 짝사랑의 구구절절한 사연만 가져오는 이곳에 이별이란 새로운 장르를 들고 한 남자가 찾아왔다.

나는 한눈에 알아볼 수 있었다. 내가 짝사랑 상담소를 시작하게 된 계기를 만들어준 사람이었다. 벽면에 가득 채운 초콜 릿을 천장부터 왼쪽에서 오른쪽으로 훑어보는 옆모습에서 느 껴지는 그의 진중한 성품. 찬찬히 돌아보며 자신이 이곳에 왔 다는 걸 증명이라도 하듯 은은하게 내뿜어지는 그의 향기. 마 지막으로 나를 보고 있어도 나를 바라보지 않아 서글펐던 추 억까지 슬그머니 떠오르게 하는 깊은 눈매를 가진 그는 내 첫 짝사랑이었다.

그는 여전히 내가 좋아하는 모습을 그대로 간직한 채였다. 서글서글하게 웃을 때마다 더욱 진해지는 애교살과 그런 모습 을 더욱 예쁘게 만드는 보조개, 그리고 코 옆의 작은 점까지. 내가 틈날 때마다 찬찬히 뚫어져라 쳐다보던 그때 그 기억 속 모습 그대로였다. 초콜릿은 주변의 냄새를 쉽게 흡수한다고 했 다. 그런 초콜릿마냥 그에게서 나는 몸내를 아니, 흔적을 흡수 하듯 나는 그 짧은 사이 그렇게 그에게 뿜어지는 분위기의 것 들을 맡아냈다.

그런 그가 나에게 이별을 했다며 찾아왔다. 나를 몰라보는 건지, 내가 기억이 안 나는 건지, 아님 내가 몰라볼 정도로 변 한 건지 알 수는 없지만, 나는 그를 알고 있는데 그는 나를 몰 랐다.

"이별도 사랑의 결말인데 아무렴 어떤가요."라는 적당한 핑계로 나는 그를 자리로 안내했다. 그저 그와 이야기하고 싶은 시간을 가지고 싶었다는 마음은 가려둔 채.

그를 상담소로 안내해 눈을 마주치자 오래된 첫사랑의 재회에 대한 약간의 아련함과 그리움 그리고 애틋함이 함께 공존했다. 쾨쾨하게 묵은 신문지로 꽁꽁 묶인 채 낡은 서랍장 깊숙한 곳에 놓인 오래된 말을 하는 애착인형인 줄로만 알았는데, 꺼내어보니 꽤나 잘 작동하며 아직도 "I LOVE YOU"라는 소리를 카랑카랑하게 제창하는 곰 인형을 꺼내든 기분이었다.

중학교 2학년 때부터 고등학교 3학년 때까지였다. 그를 짝사랑했던 건. 학창 시절의 풋풋했던 첫사랑의 기억으로 남기엔 내가 너무나 많이, 멀리서 좋아했다. 고등학교 배정 받은 날 그와 같은 중학교에 이어 같은 고등학교에 갈 수 있어서 기뻤다. 그는 훈훈하게 생긴 외모에 공부도 잘하는 착한 학생회장 오빠였다.

10년도 더 지나 첫사랑을 이렇게나 가까이 마주한 건 처음이었다.

"성함이…?"

그때보다 더 어른 남자의 듬직한 모습을 한 그를 향해 떨리는 마음을 진정하며 물었다.

"선민웅이요."

이름을 묻는 것을 시작으로 그의 이별 이야기가 시작되었다.

"사랑 후 짝사랑인가, 왜 못해줬는지 자꾸 후회가 되네요. 여전히 저는 걔가 좋은 것 같아요."

그의 나이는 나와 한 살 차이, 서른세 살의 그는 3년 사귄 여자친구와 이별을 했다. 그의 이별은 후유증이 커 보였다. '내가 이 사람의 사랑 이야기를 들을 수 있을까?' 하는 마음을 공감한다는 슬픈 눈빛으로 내비치며 물었다.

"어떻게 헤어지게 되셨어요?"

초콜릿으로 짝사랑하는 사람의 마음을 공감해주는 지금의 나를 만들어준 당사자 앞에서 상담의 시작을 알리는 첫 질문을 꺼냈다.

"그냥 지쳤다는 말과 함께요. 멀어진 거겠죠. 서로 바쁘고, 만나도 늘 똑같은 일상이니 하는 말들이 다 거기서 거기. 그저 의무감에 하는 매일 밤 통화들. 그마저도 안하는 사이가 된 거."

"내가 일이 많은 것도, 늘 바쁜 핑계를 대며 연락을 소홀히한 것도, 그 친구의 감정에 공감해주지 않은 것도, 이 모든 것이 이유라면 이유겠죠. 헤어짐의 이유는 나인가….'

그동안 잘 해주지 못해서 미안한 마음과 함께 과거를 끄집어내는 그의 눈빛은 사랑이 끝났던 과정들을 찬찬히 훑어보고 있었다. 사랑이 식은 이유가 자신이라 말하며 '자신이 이 사랑을 끝내게 했으니 다시 시작할 수 있는 방법은 없었을까.' 하는 스스로를 향한 무의미한 질문을 한 채였다.

"후회해요? 잘 해주지 못해서…?"

"네. 그냥 사소한 거 하나라도 둘이 있으면 좋았는데, 이젠 그게 아니었으니까. 내가 좀만 더 열심히 사랑해 줄걸. 좀만 더 노력해 볼걸…."

내가 사랑했던 사람이 누군가의 전 남자친구가 되었다는 과정을 듣는 건 꽤나 어려운 일이었다. 그것도 전 여자친구에 대한 미련이 아직도 많이 남은 당사자의 입을 통해서.

"너무 익숙했던 탓이겠죠."

끝을 정해놓지 않고 하는 사랑에 그들은 끝 간 데 없이 사랑했었다.

"우린 그래도 다를 줄 알았는데, 다른 연인들과는 달리. 서로 약속했거든요."

"우리, 주고받는 사랑엔 익숙해져도 서로의 관계에 있어서는 익숙해지지 말자."

"우리도 보통의 여느 커플과 별반 다를 게 없었어요. 그냥 사랑이 닳아서 헤어졌어요. 남들처럼 사소한 거에 설레고 웃고 즐거워하고 평범한 데이트를 하다 어느 순간 그냥 이렇게 남들처럼 시간이 흐르고 사랑의 감정이 다 떨어져서 멀어진 것 같아요."

"다시 만나도 후회 안 할 만큼 잘할 자신 있어요?"

뭉뚝한 판초콜릿의 모서리처럼 짧게 무딘 척하면서도 은근히 툴툴대며 물었다.

"보통의 연인처럼 사소한 거에 싸우고 사소한 거에 지치겠죠. 근데 전 알아요. 우리는 진짜 끝났다는 거. 친구로도 안 될 거라는 거. 전 헤어짐을 고하는 그 친구의 눈을 봤어요."

이별을 고하던 그날의 그녀는 여느 날과 다를 바 없이 화창한 여름과 잘 어울리는 분홍 원피스와 그가 사준 가방을 메고 예쁘게 카페에 나왔다고 했다. 서로 맞춘 반지를 손에 쥔 채.

"반지 오늘 안 끼고 왔네? 또 준비하다가 까먹고 집에 냅두고 왔지? 그래도 오늘 예쁘니까 봐줄게."

"…반지, 가져왔어."

"어쩐지 분위기가 무거웠어요. 전 느꼈죠. 그 날이 처음은 아니었거든요."

86

'올 것이 왔구나.'

"한 번은 내가 말렸어요. 그렇지만 두 번째 헤어짐을 고했고, 그때는 그러질 못했죠. 그렇게 나랑 헤어진 지 얼마 되지 않아서 새로운 사람을 사귀더라고요. 직장동기. 데이트하면서 익히 들었던 이름. 늘 나와 만나면서 처음의 나처럼 잘해주는 그 남자와 비교했으려나? 아님, 이별의 아픔을 달래주는 그 남자와 정이 들었나….."

사랑하는 사람의 사랑 이야기를 듣는 건 그다지 재미난 시간이 아니었다. 그 어느 때보다 피하고 싶었지만 피할 수 없었다. 이별 이야기를 들으면 조금은 그 마음이 덜 할 것 같았다. 그러나 그는 이별 후 짝사랑을 이야기하고 있었다. 그마저도 그의 이야기이기에 나는 그 어느 때보다 귀 기울여 들었다. 속상한 마음과 함께.

"잊히진 않아요…?"

물어보는 말이었지만 그랬으면 좋겠다는 이기적인 마음과 함께 나는 물었다.

"여전히 아련해요. 서로 사랑했던 사이에서 이제는 혼자 사랑을 한다는 거 조금 힘드네요. 미련인지, 사랑인지, 후회인지 … 다 합쳐진 감정이겠죠."

그는 후회하는 자신의 못난 모습을 드러내고는 체념한 듯
물었다.

"사랑은 처음이 중요한 걸까요, 마지막이 중요한 걸까요?"

"전 중간이 제일 중요하다 생각해요. 어떻게 시작했든 어떻게 끝났든 우리가 어떻게 사랑했느냐가 중요하잖아요. 그냥 두 사람이 사랑하는 그 과정."

"앞뒤 안 가리고 사랑하지 않았어요? 우리는 늘 무작정 사랑하잖아요. 난 그렇게 생각해요. 사랑엔 앞뒤가 없어요."

아름답게 시작했듯 아름답게 맺어지면 더 좋지만, 모든 사랑이 다 예쁠 순 없다. "때론 그런 끝맺음 덕분에 또 다른 새로운 사랑이 시작되기도 하는 법이니까."라는 말과 함께 나는 그의 빈 잔에 물을 채우며 다독였다. 처음 본 사람 앞에서 누군가를 사랑했던 자신의 감정을 가감 없이 말하는 그의 모습과도 닮아 있는 투명한 유리잔에 앙증맞은 캐릭터가 그려져 있는 컵이었다.

서로 가진 다른 생각이 공기 속에 뒤섞이고 침묵이 그 자리를 대신하는 사이 나는 물었다.

"끝사랑, 마지막사랑, 첫사랑, 짝사랑… 이게 다 한 사람을 가리키는 건 정말 어려운 일이겠죠?"

"운명이죠. 기적이고… 그게, 바로 사랑이죠."

늘 질문만 받던 내가 손님에게 사랑에 대한 질문을 건넸다. 대답은 사랑이었다.

다양한 감정이 깃든 혼합된 눈빛을 한 그를 나는 계속해서 바라볼 수밖에 없었다. 그런 그의 앞에서 호감인지, 관심인지 헷갈린 채 나도 모르게 상담자가 취할 수 있는 주의 기울이기 행동목록의 것을 해냈다. 눈 마주치기, 열린 마음 취하기, 몸을 상대방에게 기울이기 등. 아무래도 여전히 사랑인 것 같았다.

"이젠 내 사랑이 누군가의 추억이겠죠? 나에게도 추억이고요. 내가 잊지 않으면 그것마저도 좋은 추억이 될 수 없으니까요."

다짐한 듯 보이는 그에게 나는 목소리를 높이며 즐거운 이야기 하나 들려주는 동화선생님처럼 말했다.

"사랑했던 과거를 예쁘게 잊는 법, 알려드릴까요?"

그는 궁금한 표정을 지으며 의자에서 일어서는 나를 시선으로 쫓고는 물었다. 그 사이 그에게 건넸던 물잔이 테이블의 물기로 인해 저절로 내 쪽으로 향하고 있었다.

"어떻게요?"

"그 사람이 여전히 좋은 거라면 그 사람을 그리워하면 돼요. 근데 그때 함께했던 사랑이 여전히 그리운 거라면, 새로운 사랑을 찾으면 돼요."

처음 본 그에게 느껴졌던 수많은 감정 중 어떤 감정을 꺼내어야 할지 몰라 삐걱거리던 방금 전 내 모습과도 마찬가지로, 나는 판초콜릿과 닮아 있는 한쪽 벽 수납장 속의 수많은 초콜릿 속에서 하나의 초콜릿을 고심 끝에 골랐다. 초콜릿의 색깔과도 같이 하얀색으로 예쁘게 포장된 화이트초콜릿을 조심스럽게 까 그의 손 위로 건넸다. 내 행동을 예상치 못했던 듯 분주히 손바닥을 나로 향하여 초콜릿을 받아드는 그였다.

"하얀색의 초콜릿. 우리가 보통 초콜릿하면 짙은 갈색을 생각하잖아요. 근데 이건 상아색이에요. 카카오의 고형분이 없어서 어떤 나라에서는 이걸 초콜릿이라 부르지 않고 설탕과자라고 부른대요."

"근데 맛은 초콜릿처럼 달콤하고 그만의 독특한 풍미가 있고…, 누구는 초콜릿이라 하고 누구는 초콜릿이라 하지 않고."

"그녀와의 추억인 함께했던 시절, 달콤하고 설렜던 과거, 사랑 맞아요. 근데 그녀가 설렘과 행복이 없는 사랑이었다고 한다면 아쉽지만, 놓아주어야 하지 않을까요?"

나는 이러면 안 되는 걸 알면서도 퉁명스럽지만 진중한 태도를 보이며 말했다. 짝사랑이 아니라 미련이라고. 이제 새로운 사랑을 찾을 때라면서 말이다. 나도 모르게 성급하게 정답이 있는 듯한 말을 해버렸다. 상담을 진행하는 사람으로서 그러면 안 되었지만, 틀에 갖춘 결론을 내려버렸다. 이 감정을 들킬 세라 손님을 위한다는 핑계를 대며 상담을 이었다.

"아까 평범한 사랑을 했다고 그랬죠? 그 어떤 평범한 사랑도 나에게 다가오면 특별해요. 이제는 아마도 그 특별한 사랑, 추억으로 남겨두어야 할 때인가 봐요."

나도 모르게 조언이라는 셈치고 그가 한 과거의 사랑을 포장하고 꽁꽁 묶어둔 채 말했다. 복잡한 감정과 성급한 마음이 먼저였다.

"아마도… 그래야겠죠?"

나의 말에 그는 생각을 정리하더니 침묵 끝에 자신에게 물어보듯 나에게 물었다.

"그럴 수 있으면요. 내 마음은 의지대로 되는 게 아니니까요."

나 역시도 모른다. 그의 사랑이 언제 끝나게 될지, 그녀가 아무리 끝냈다 해도 그가 그 사랑에서 헤어 나오지 못한다면 그는 그녀로부터 아직 헤어진 게 아니다. 그저 이전의 사랑을 잊어버릴 만큼의 시간을, 그리고 또 다른 사랑이 찾아올 때까지를 기다리는 수밖에 없다.

"사랑하는 것도 사랑했던 것도 전데, 제 마음대로 되는 게 하나도 없네요. 오늘 감사했어요. 다음에 또 올게요."

10년만이었다. 첫사랑을 만난 건. 상투적인 말로, 다음에 또 온다는 말로 그와 헤어질 수 없었다. 또 보고 싶었다. 또 듣고 싶었다. 그의 입에서 나오는 이야기가 어떤 것이든. 그의 말과 행동과 생각을 전해 듣고 싶었다.

"민웅 씨는 짝사랑해본 적 없어요?"

짐을 싸고 나가려는 그를 붙잡는 말이었다. 뜬금없고 급작스러운 말에 나도 그리고 그도 놀랐다.

"예…?"

"듣고 싶어서요. 손님의 사랑 이야기."

그리고 당신의 모든 이야기라는 뒷말은 허공에 흩뿌린 채 이야기했다.

떠나려는 그의 뒷모습을 붙잡으며 여전히도 입 밖으로 나오지 못한 말들과 감정은 꾸역꾸역 소화시킨 채였다.

"여기서 짝사랑, 첫사랑 이야기는 언제든지 모두 환영이니까요. 언제든 놀러 와도 돼요. 초콜릿이 생각날 때 와도 되고요."

그저 우리 가게의 취지가 그러하니 다음에 꼭 오라는 상투적인 말로 내 마음을 감싸며 가게의 명함을 그에게 전달했다. 그러자 그가 이해했다는 듯이 당황한 기색을 뒤로하고 말했다.

"아! 네…. 다음에 꼭 또 올게요…."

그렇게 말하고선 그는 내 명함을 쳐다보며 이야기했다.

"한주호…. 이름이 낯이 익네요, 친구들 중에 이 이름을 가진 사람이 있었나?…"

"아마도, 그렇겠죠…. 좀 중성적이죠?"

"뭔가 특이하고 예쁜데요."

그는 정말 나를 모르나보다. 내 얼굴도, 내 이름도 모른다. 그럼에도 아무렇지 않게 한 그의 말에 오랜만에 설렘이란 감정을 느꼈다. 그래도 내 이름이 익숙하다는 것. 익숙한 이름에서 예쁘다는 생각이 들었다는 것. 별 대수롭지 않게 한 그의 말을 난 대수롭게 받아들였다.

"사랑 데 초콜릿… 여기 상점 오기 전부터 궁금했는데, 가게 이름은 어떻게 짓게 된 거예요?"

그 역시 예쁘다는 말이 자신도 모르게 튀어나왔기에 혹시나 실례가 될까 싶어 헛기침을 하더니 명함을 보는 척 또 한 번의 질문을 더 했다.

"드(de)가 프랑스어로 '의'라는 뜻이래요. 그래서 사랑의 초콜릿. 근데 영어로 하면 데(de)가 되기도 하니까, 사실은 '사랑에 데인 사람들에게 초콜릿 주는 가게'라는 뜻이에요. 저만의 뜻풀이. 웃기죠?"

멋쩍게 이야기하는 나의 말에 그는 웃으며 답했다.

"와, 그런 뜻이 있었어요? 꽤 괜찮은 뜻인데요? 이중적 의미, 멋있어요. 그럼 사장님은 사랑의 치유자인가? 초콜릿도 만들고 그 초콜릿으로 치료도 하고."

"뭐, 그런 셈이죠? 하하….."

폭풍우가 몰아친 후였다. 문소리가 무겁게 쿵 닫히고, 두 줄에 의존한 채 매달린 간판이 그 바람에 그네 타듯 휘잉. 그가 떠난 뒤였다. 가만히 있지 못한 채 이리 갔다 저리 갔다 떨리는 내 마음을 대변해주는 것 같았다. '여전히도 내 마음은 10년 전의 그때로 머물러 있구나.'라는 생각이 들었다. 그 사람을 좋아한 그때 그 감정 그대로. 그런데 그는 아니었다. 그때나 지금이나 내 감정은 늘 그에게 머물러 있는데 그는 과거와 현재 그 어느 때도 나와 닮은 감정은 가지지 않은 채였다. 서글픈 일이었다.

결국 다음에 또 오라는 말로 명함을 그에게 건네며 나의 이름과 나의 전화번호를 주었다. 명함을 건네는 내 손에서 느껴지는 떨림이 그에게 느껴지지는 않았을지, 이야기를 하는 나의 모습은 어땠을지, 몇 년 만에 그에게 비춰진 나는 멋있는 어른이 되었을지, 오만가지 생각이 스쳤다. 그중 나의 마음을 잡아채는 건 단 한 가지뿐이었다.

'그가 다음에 또 올까?'

받아본 적 없는 사랑을 그리워하는 건 어리석은 짓이었다.

알록달록
모양의 초콜릿

Sarang de Chocolate

우리 집의 제일 단골인 은채가 오늘도 찾아왔다. 이곳에 오
는 짝사랑 중 가장 설레는 이야기는 은채의 이야기이다. 남들
다 괴로운 짝사랑에 가슴 아파할 때 은채의 짝사랑만큼은 듣는
나도 마음이 들뜬다. 가벼운 짝사랑에 그만큼 설레는 일도 많
아서이다. 설레서 짝사랑에 빠지고, 잘생겨서 짝사랑에 빠지고.

"언니, 이번엔 진짜야."

"그래, 오늘도 일단 들어는 볼게."

일명 금·사·빠. 금방 사랑에 빠지는 애 중에서도 단연 최고인 애였다. 은채의 짝사랑이 시작될 때면 어김없이 상점의 문이 은채의 성격을 보여주듯 조급하고 화끈하게 열어젖혔다. 문에 달린 종이 자기도 놀란 듯 빠르게 딸랑~거리며 어리둥절해하면서도 친절하게 손님을 맞이했다. 은채는 가게에 들어서자마자 늘 그렇듯 부끄러운 모습을 하며 재현에게 눈인사를 건네고 손님을 응대 중인 나를 기다렸다 손님이 가시자마자 나의 팔을 잡아끌고 상담소로 직행했다.

빠르면 한 달, 길면 세 달. 쉽게 사랑에 빠졌다 빠져나오는 그 아이를 보고 나는 말했다.

"너 박애주의자야? 왜 이렇게 좋아하는 사람이 많아?"

"신이 세상에 내 취향들을 이렇게나 많이 만들어주셨는데, 그럼 안 좋아하고 배겨요? 다 사랑해줘야지. 근데 그 친구들이 나 좋다고 하면 왜 그렇게 싫을까요? 막 부끄럽고. 그냥 저는 누군가를 좋아하는 그 감정이 더 좋아요."

은채는 그런 애였다. 서로 사랑을 주고받기보다 짝사랑이라는 감정을 이용하듯 사람을 좋아하는 방식을 택했다. 그녀 스스로도 그런 쪽을 더 선호하기도 했다.

그런 은채를 상담실에 앉히고는 티팟에서 우려낸 따뜻한 녹차를 노란색의 테두리에 파란색의 문양이 새겨진 찻잔에 따라 건네며 오늘로만 벌써 아홉 번째인 그녀의 짝사랑 이야기를 들을 준비를 마쳤다.

"또 어떤 애야?"

귀찮지만 또 기대되는 은채의 이야기를 안 들어볼 수는 없었다.

"제가 좋아하는 걸 그 친구는 안 좋아해요. 근데 내가 좋아하니까 좋아한대요. 너무 예쁘지 않아요?"

뜬금없는 말로 사랑 이야기를 할 생각에 들뜬 은채가 말했다.

"응? 그게 무슨 소리야?"

내가 금세 궁금한 표정을 짓자 은채가 이야기의 말문을 열었다.

"있잖아요. 언니. 저는 민트 초코를 싫어하는데 걔는 민트 초코 맛을 좋아해요. 저는 파인애플 피자가 싫은데 걔는 파인애플 피자를 좋아해요. 특이하지 않아요?"

그게 무슨 소리인가 싶다가도 '일단 들어봐요.' 하는 표정을 짓는 은채를 보고는 다시 이야기에 집중하기 시작했다.

"학교에서 홀로 남아 숙제를 마저 하다가 방과 후 활동을 끝내고 돌아온 그 아이랑 교실에서 만났어요. 어쩌다보니 밥 먹을 시간이 돼서 저랑 걔랑 피자집을 갔어요."

"너 파인애플 좋아해?"

"아니? 넌 좋아해?"

"음… 아니, 너 안 좋아하면 네가 좋아하는 맛으로 먹자."

"그 다음날 개 친구들 사이에서 우연히 듣게 됐어요."

"너 피자는 파인애플 아니면 먹지도 않으면서 웃기는 새끼네. 오늘 뭐 잘
못 먹었냐?"

"그 친구가 그래도 맛있게 피자를 먹기에, 저는 괜찮은 줄
알았죠. 그리고 피자를 먹고 나서 아이스크림 가게로 갔어요."

"우와, 우리 맛 다른 거 사서 나눠 먹자."

"그래! 너 뭐 먹고 싶어?"

"음, 여기 거 다 맛있겠다. 녹차 맛이랑 티라미수? 아님 땅콩 맛 먹어야지!
너는?"

"나는 티라미수로 할게, 너 먹고 싶은 거 골라!"

"제가 좋아하는 아이스크림 맛을 물어보더니,"

"저 아까 주문한 민트 초코 맛 말고 티라미수로 바꿔주세요!"

"걔는 이미 오자마자 아이스크림을 골라서 종업원에게 말했
는데, 저 때문에 자기가 좋아하는 맛 말고 제가 좋아하는 맛으
로 다시 바꾸는 거 있죠?"

"그래서 그 애한테 사랑에 빠진 거야?"

"네. 너무 멋있어요. 그리고 남들이랑 다르게 자신의 길을
묵묵히 걸어가는 남자 같지 않아요? 소신 있고 특별해 보여요.
그렇죠?"

"그러네. 콩깍지가 씌었네!"

내 장난어린 말에도 은채는 그날을 생각하는 듯 회상에 젖
으며 말했다.

"자기 취향을 버릴 만큼 상대에게 헌신적인 이 사랑! 자신의
취향보다 내 취향을 더 소중히 여긴 걸까요? 희생보다 더 큰
사랑이 어디 있겠어요!"

수줍은 듯 그러나 당돌하게 말하는 그녀를 보고 장단을 맞
추며 흐뭇한 표정으로 웃음을 지었다.

"그러게. 너무 멋있는 거 아니야?"

"…멋있으면 뭐해요, 사귀지도 않을 거."

"왜 또 갑자기 침울이야."

열렬히 사랑에 빠지던 소녀의 모습은 사라지고 곧 울 듯한 표정을 지어보이며 '언니 나 어떡하면 좋아요.'라는 모습을 보이는 어린 손님이었다.

"언제는 짝사랑하는 감정만 좋다면서. 짝사랑하는 애들이 너랑 사귀자고 하면 부끄럽고 싫다며."

"그래도, 뭔가 그런 걸 뛰어넘을 만큼의 그런 사랑, 뭐 없을까요? 나도 이젠 사랑을 할 때란 말이에요!"

고2의 그녀에게 "너는 사랑이 아닌 공부를 할 때지. 사랑엔 때가 없지만 공부엔 나름 때가 있거든…."이라는 말을 하고 싶었지만, 사랑 상담 언니로서 할 말은 아닌 것 같아 말을 말았다.

"언젠간 때가 오겠지. 그럼 너 그 남자애가 너한테 사귀자고 하면 사귈 거야?"

"흠… 아직 생각 안 해봤는데?"

"고백은 해볼 거야?"

"아니요! 부끄러워서 어떻게 해요!"

"그럼, 짝사랑은 하고 고백은 안하고. 고백하면 싫다 하고, 어떻게 사귀게?"

"그것도… 생각 안 해봤는데?"

"주변에 너 좋다는 애 없어? 이번엔 잘 생각해봐."

"없어요. 없어. 나 짝사랑하는 애들 빼놓고 나한테 고백한 사람 한 명도 없어요."

"너 몰래 누군가가 널 좋아할 수도 있지?"

깊게 한번 생각해보라며 나는 넌지시 물었다.

"에이, 그런 거 없어요. 그냥 짝사랑하는 애들도 내가 맨날 그 애들 주변에서 알짱거리니까 걔들도 관심 있어서 사귀자 물어보는 거지. 그러니까 몇 주 사귀다가 바로 헤어지지. 나를 정말로 좋아하는 애들은 없어요. 에잇, 생각해보니까 속상하네? 나는 다 좋아하는데, 왜 다른 애들은 나 몰래 안 좋아해줘요?"

"너 사랑 재생의 법칙 몰라?"

세상에 있지도 않은 용어로 사랑의 성장통을 겪는 소녀를 위로해주었다.

"사랑은 나눠주면 줄수록 또 차고 차서 사랑이 유지되는 거야. 질량 보존의 법칙도 있잖아? 사랑에 불꽃이 튀고 데이고 아무리 사랑에 화학반응을 해도 사랑의 무게는 똑같은 거야. 너에게는 딱 너만큼의 사랑이 있는 거야. 여기서 다치면 저기서 치유하고, 응?"

"언니! 저 이과거든요? 그리고 사랑에는 화학ㅂ…"

"알았어. 그만, 그만! 이 언니의 본질을 흐리고 너!"

은채는 깔깔 웃으며 "알았어요. 알았어요." 하며 내 말에 수

긍했다.

"너 여기 오는 거 친구들한테 이야기 자주 해?"

그런 은채에게 마저 이야기를 끝낼 요량으로 물어보았다.

"어? 네! 제 친구 중에 김진규라고 있거든요? 걔랑 남자애들 중에 제일 친한데 맨날 여기 올 때마다 어제 여기 와서 언니랑 사랑 이야기하고 막 그러고 논다고 재밌다고 그러는데…?"

의심의 눈초리를 하고선 은채는 물었다.

"근데, 그걸 어떻게 아셨어요?"

"너 그거 모르지?"

"어떤 거요?"

"네가 맨날 여기 올 때마다 그 다음날 어떤 남학생이 찾아와서 어제 작고 귀여운 여자애가 사간 초콜릿 뭐냐고 맨날 묻고 너랑 똑같은 거 사가는 거."

"누… 누가요?"

고등학생의 풋풋한 사랑 모습을 직관한 나는 사랑의 큐피드가 된 마냥 뿌듯해하며 말했다.

"김진규가."

"아, 걔가 초콜릿을 좋아했나? 아니, 자기 취향도 없어? 뭐야 왜 내 거 따라 사고 난리야. 정말."

"원래 좋아하면 그 사람의 취향이 궁금하고, 따라하고 싶고,

그 사람이 좋아하는 거 나도 좋아하고 싶고, 그런 거야."

"에이, 걔가 저를요?"

"너한테 이런 것도 남겼는데? 너 오면 주라고?"

진규라는 학생이 남긴 초콜릿 상자와 편지지를 은채에게 넘겨주었다. 은채가 올 때마다 사간 아홉 개의 초콜릿 하나하나에 자신이 직접 쓴 쪽지까지 정성스럽게 넣으며 초콜릿 상자를 예쁘게 포장해달라고 했다.

하트 모양의 밀크 초콜릿

이 초콜릿은 부러트려 먹지 말고 꼭 녹여 먹어야 해.

안 그러면 사랑 모양이 깨지잖아!

별 모양의 화이트 초콜릿

하트를 그리고 싶은 마음 애써 꾹꾹 눌러 담아

내 마음 몰라주는 네가 미워 각진 선이 삐죽삐죽, 별이 되었다.

동그라미 모양의 다크 초콜릿

달 모양도 동글동글, 네 얼굴도 동글동글, 귀엽다.

*추신: 너는 공부도 잘하면서, 하나부터 열까지 다 알면서

어떻게 된 게 내가 너 좋아하는 건 모르냐.

초콜릿은 기분전환하는 데 도움이 된대.

짝사랑 그만하고 이제 네 사랑이 나한테로 전환됐으면 좋겠다.

부끄러운 듯 쪽지를 다 본 은채의 얼굴엔 당황스러우면서도 내심 좋은 표정이 담겨있었다.

"그것 봐. 내가 말했지? 너 지금 사랑받고 있다고. 너만 짝사랑하는 거 아니야."

"아~ 뭐예요! 근데 진짜 얘가 와서 이거 전해주래요? 걔가 진짜 저 좋아한대요?"

"응, 그 친구랑 그런 감정 전혀 없었어?"

"네! 없었을 걸요? …아마?"

사실 은채는 진규랑 초등학교 때부터 친구였다. 초등학교 때 잠깐 좋다가 만은, 첫사랑이라고 말하기에도 애매한 친구였다.

"사실, 체육대회 때… 2인 3각 경기를 하다가 걔랑 어깨동무를 하게 되었는데 조금 떨리더라고요, 근데 뭐, 그 꼬맹이가 어느새 커서 이렇게 장성한 학생이 되었나, 이런 마음이었지, 좋아하는 마음은 아니었는데?"

"아, 그리고… 또 있다. 어떤 남자애가 나보고 장난으로 '김은채 못생겼어!'라고 말할 때도 개가 울적한 저를 달랜답시고 이랬어요. 고맙고 설렜지만 좋아하는 건 아니었어요!"

"네가 우리 반에서 제일 예뻐"

"너 김진규 좋아하네."

"네, 네? 에이, 설마."

언제나 능동태의 짝사랑만 했던 친구가 수동태의 짝사랑을 받게 되자 서먹하고 어색하고, 부끄러운, 그러나 처음 느껴보는 설레는 감정을 경험하고 있었다. 친구를 좋아하는 마음을 부정하는 은채에게 사귀게 되면 둘이 같이 찾아오라며 인사를 건네고는 '이제 네 짝사랑 이야기 못 들어 아쉬워서 어쩌나.'라는 식의 인사를 하며 배웅했다.

"아~ 아니라니까요, 정말! 제가 그 찌질이를요? 에이."

은채가 뒷모습을 보이고 가는 아무도 없는 골목길에서 사랑을 부정하며 가는 구시렁거림에, "너 좋아서 아까 웃음 띤 거 다 봤어, 누가 너한테 고백했을 때도 그런 모습 하나도 없었잖아~ 잘해봐."라는 말을 두 손 모아 입 앞으로 동굴을 만들고 조금은 멀리 떨어진 은채에게 말했다. 그러자 은채는 소리 좀 죽이라고 하고는 이내 민망해하면서도 짐짓 놀란 듯, '내가, 진짜…?' 하는 표정으로 편지를 한 번 더 읽어보면서 찬찬히 골목을 빠져나갔다.

조울증이다.

그 사람 때문에 내 기분은 슬펐다가 기뻤다가 한다.

그 사람은 지금 내가 좋을까 안 좋을까.

그 사람은 지금 나를 좋아해서 좋을중이었으면 좋겠다.

#3. 아니라면 안 되는 건가

Sarang de Chocolate

코코아 가루

어느덧 골목길엔 겨울바람이 살짝 묻어나온 듯한 공기가 스쳤다. 원래도 인적이 드문 곳이지만 그날따라 텅 빈 듯 조용한 여백의 공기가 우거진 틈새로 별안간 비가 내렸다.

'곧 멈추겠지.'라고 생각하는 사이 소나기 사이를 뚫으며 한 남자가 상점 쪽으로 뛰어오고 있었다.

"아, 비가 너무 많이 오네요. 잠깐 비 좀 피해가려고요."

토독토독, 비가 묻은 옷을 살짝 털자 빗방울이 후두둑 상점의 발판으로 떨어졌다. 그리고 혹시나 마저 물방울들이 자기도 모르게 다른 곳에 붙었나 싶어 황급히 여기저기를 둘러보고는 이내 괜찮게 웃어 보이는 나의 얼굴을 확인하고서 황급히 옷 매무새를 단정히 했다.

"아, 네. 그러세요."

나는 사뭇 분주한 듯 그를 반갑게 맞이하며 상점 안으로 들였다.

"와, 초콜릿이 굉장히 많네요. 이따가 포장해서 가야겠다. 음, 저는 일단 따뜻한 초콜릿 라떼 하나 주세요."

그는 추운 날씨에 몸을 녹이듯 따뜻한 라떼를 주문하곤 한 바퀴 둘러본 상점에서 이내 짝사랑 안내판을 발견한 후, 그 안내판을 가리키며 조금은 망설이다 말을 했다.

"저, 저도, 이거 해도 되나요?"

"네! 저기 상담실로 들어가시면 라떼 준비해서 곧 갈게요!"

비 오는 날엔 손님이 이 구석진 골목까지 오지 않아 늘 한가했다. 그런데 오늘은 웬일인지 비와 함께 온 손님이 반가워 즐거움 가득 싣고 라떼를 손님 앞에 놓으며 말을 했다.

"이쪽 골목은 어쩌다 오기엔 올 일이 별로 없을 텐데, 어떻게 오셨어요?"

"아, 길을 잃었어요. 그냥 머리 좀 식힐 겸 길을 걷다가 잘못 들었는데, 운 좋게 이런 곳을 발견하게 되었네요. 비 덕분이기도 하고요."

"아, 그러시구나. 마침 잘 오셨어요."

여전히 추적추적 내리는 창문 밖의 비에 시선을 가게 안의 인테리어로 끌어오곤 길을 잘못 찾아와 발견하게 된 우리 가게에 만족하며 그는 말을 했다.

"이런 곳도 있군요. 처음 보는 사람에게 사랑 이야기라니, 뭔가 부끄러우면서도 재밌을 것 같네요. 제 짝사랑은 좀 찌질한데, 그래도 괜찮나?"

"물불 안 가리고 하는 사랑에 찌질하면 뭐 어때요. 그 찌질함마저 사랑인데."

그는 내 말에 웃어보이듯 미소를 짓고는 조금은 뜨거운 초콜릿 라떼를 호호 불고 한 모금을 홀짝 들이켰다. 갑작스런 겨울비의 추위가 가시는 듯 했다.

승진 씨의 짝사랑은 퇴사한 회사의 직장동료였다. 회사를 다닐 때는 그저 같이 붙어 다니는 친한 동기, 딱 그 정도였다. 누가 둘이 사귀냐고 하면 "네, 신접살림 차렸어요."라고 장난식으로 대꾸하기도 하는, 그것에 설레지 않는 그 정도쯤의 사이였다.

"제 퇴사 기념으로 술 사준다고 해서 만난 자리였어요."

그 자리에서 그의 친한 동기는 눈에 그렁그렁 눈물이 맺힌
채 이야기했다.

"야. 이제 '야'라고 해도 되죠? 회사사람도 아닌데. 근데 왜 그만둬요. 더

좋은 회사로 가는 건 기쁘지만, 그래도 동기가 떠나니까 슬프다."

"울어요? 아니, 왜, 왜 울어?"

"좋아했는데, 이제 떠나니까 속 시원히 말한다. 나 너 좋아했다!"

"그러면서 사진을 한 장 꺼내 이야기하더라고요."

"이거 기억나? 우리 처음 단체사진 찍었을 때. 그때부터였어. 널 좋아한

거. 너랑 같은 한 프레임에 나오려고, 같이 사진 찍고 싶어서 동기들이랑

너랑 사진 찍을 때마다 나도 같이 붙어서 꾸역꾸역 내 얼굴 들이밀어서

찍고."

"우리 연수받을 때 네가 열심히 하는 모습이 멋있어 보였어."

"그렇게 고백을 하더라고요."

"네가 좋았어. 너를 어쩌다라도 만나려고 다른 부서여도 탕비실에서 너

있나 없나 두리번거리고, 사랑하는 사람에게 지혜롭고 부끄럽지 않은 사

람이 되어야겠다고 너를 보고 처음 느껴봤어. 그래서 나, 일도 열심히 했어. 나는 욕심 많고 꿈 많은 사람인데 네가 평범하게 사는 게 꿈이라 그럴 때 나도 네가 그리는 그 평범한 꿈에 함께 있고 싶다고 느꼈어… 널 많이 좋아했어."

"저는 어쩔 줄 모르고 당황한 채로 가만히 있었어요. 정말 몰랐거든요. 그 사람이 나를 좋아하는지는."

"이제 포기하려고. 네가 장난으로 회사사람들한테 말하는 '우리 사귀어요.'라는 그 말에 나는 집에 와서 맨날 심장이 벌렁~거리고 하루 온종일 싱글벙글 좋았던 거 너는 모르지?"

"이제 그만 너 좋아할게. 아, 후련하다. 십 년 묵은 체중이 내려가는 것 같아. 너 이직해서도 잘먹고 잘살아라! 다른 동기한테 말하면 진짜 혼난다?"

"그 긴 고백을 듣는데, 마음이 아팠어요. 꽤 오래 좋아했겠죠? 신입사원 연수 때부터니까. 한, 이 년 정도 넘었으려나. 아무 생각 없었는데. 근데 그 고백을 듣고도 미안한 마음, '이제 그 친구를 볼 수 없는 건가.' 하는 생각밖에는 안 들었어요."

"근데, 두세 달 쯤 지났나? 꿈에 그 사람이 나타났어요. 그냥 별 거 없었어요. 예쁘게 정장을 입고 나에게 악수를 하는 그 모습. 근데 그럴 수가 있나? 아무 감정 없었는데, 그때부터였어요. 꿈속에 나온 이후부터 그 친구에게 마음이 생기더라고요."

"다시 만났어요. 아니, 전 회사동기들이랑 만나자고 하면서다 같이 만난 거죠."

"너, 있잖아…. 나 아직도 좋아해? 나는 지금 너 좋아해. 내가 널 사랑하는게 아직 늦지 않았다면 여전히 너도 날 좋아해 줬으면 좋겠어."

"밥 먹다가 담배를 피려고 밖에 나갔는데 화장실에서 자리로 돌아오려는 그 친구가 보였어요. 저도 급작스러웠죠. 그냥말해버렸어요. 저도 모르게. 이때 아니면 안 될 것 같아서."

"근데 걔가 그냥 웃더라고요."

"하, 왜 갑자기 그런 마음이 들었어? 난 다 정리했어. 너 그거 아마 짝사랑이야."

"심장이 내려앉는다는 게 이런 건가 싶더라고요. 와, 왜 벌써 잊은 거지? 진짜 그 날 잊겠다고 해서 진짜 다 잊은 건가? 걔 짝사랑은 그렇게 잊을 만큼 가벼운 거였나? 별 생각이 다들더라고요."

"아, 그때 알았어요. 사랑은 타이밍이구나. 내가 걔한테 한 고백은 그저 어린 시절 그토록 바랐던 장난감 인형을 성인이 되어서 받은 선물 같은 거였구나. 지금은 필요 없어진 거였죠."

그녀는 이미 결심한 상태의 고백이었다고 했다. 그녀는 잊을 마음으로 곁을 떠나는 직장동료에게 후회 없이, 미련 없이 고백했었다.

"그 이후로도 여러 번 말했어요. 우연히 마주칠 때도, 어쩌다 밥 사주겠다고 만난 자리에서도, 좋아한다고."

"그냥 내 마음을 전달한 거죠. 매번, 내 마음 가는대로, 솔직하게. 사장님은 지구가 둥글다는 사실에 기분 안 나쁘잖아요. 저도 그냥 내가 너를 좋아한다. 그 사실에 조금은 감정이 섞인 채 말을 전했어요. 그냥 그랬다고, 그렇다고, 아무렇지 않은 척, 다 괜찮은 척, 그러면서도 걔 눈치를 보죠. 내가 강철 심장도 아니고, '그 친구가 이 말을 듣고 나를 미워하면 어쩌지? 안 보면 어쩌지?' 하고 말이죠."

"나 이제 너 진짜 안 좋아해, 그리고 나 연락하는 사람 생겼어. 고백 진짜 하지 마. 그만 해. 또 하면 나 너 안 만날 거야. 좋은 친구로 지내자. 내가 너 잊었던 거처럼. 너도 나 잊을 수 있을 거야."

"이제, 마지막이라면서 고백했던 때가 있었어요. 내가 언제나 진심으로 고백했듯 그 친구도 진심으로 말하더라고요."

"그 분이 고백했을 때 그 고백을 받아줬으면 어땠을까, 후회 많이 해요?"

나는 조심스럽게 손님께 물어봤다.

"아니요. 그때는 그 친구에게 마음이 없었으니까. 정말 좋은 친구였으니까. 그래서 제 스스로 최선을 다해 사랑했어요. 내가 마음 있을 때, 고백도 최선을 다한 마음인 거죠. 고백은 했어도 후회했을 거고, 안 했어도 후회했을 거고."

"그래서 마지막엔 이야기했어요."

"만약에라도 마음이 바뀌면 연락해. 난 너 잊으면 연락할게. 그때, 그때 만나자."

여전히도 진행되는 그의 짝사랑에 위로를 건네듯 마음을 다잡는 그에게 넌지시 물었다.

"이제는, 정말… 포기하려고요?"

"아마, 그래야겠죠? 내가 그 친구를 좋아하는 게 그 친구한테는 부담스러운 거잖아요. 좋아해서 미안한 거죠. 내가 개한텐… 좋아하는 그 감정엔 그리움만 남겠죠? 아님, 미련인가."

"그만 좋아한다고 말하기엔 지금은 너무 섣부른 거겠죠? 그
분이 말했듯이."

"아직은요. 곧 때가 되면 하겠죠? 언제가 될 진 모르겠지만…"

손님은 후련한 듯, 속상한 듯하며 장난이 섞인 말투로 지나
가듯 이야기했다.

"내가 반해서 그 사람한테 내 사랑도 반인 건가?"

나는 그의 장난스런 말에 '그런가?' 하며 방긋 웃음을 지었다.

"그래도, 멋있어요. 부럽기도 하고. 사랑의 용기를 여러 번
낼 수 있던 거."

"에휴, 뭘요. 열 번 찍어 안 넘어가는 나무 없다고, 짝사랑할
때 맨날 듣는 소리잖아요. 용기가 있으면 뭐해요. 그 나무가 그
렇게 단단할지 누가 알았겠어요. 그렇게 친절하지나 말지, 썸
인 듯 아닌 듯 그렇게 굴지나 말지. 안 좋아했던 그때 생각이
나 실실 웃어요. 고백해도 초반엔 그랬어요."

"받아주지 못해서 미안해. 넌 더 좋은 사람 만날 수 있을 거야."

"나쁜 건지, 착한 건지, 아님 거기에 헤어 나오지 못하는 내
가 둔한 건지."

"고백의 횟수가 잦다고 내 마음이 장난인 건 아니었어요. 매

순간 순간 난 다 진심이었는데.”

그는 왜 하필 그녀가 꿈에 나타나서 이렇게 힘들게 했는지 그녀를 탓하기도 하며 두세 달만 일찍 꿈에 나타났고, 내가 조금만 일찍 좋아했더라면, 그랬더라면 이러지 않았을 거라며 혼잣말인 듯 중얼거린 후 나에게 물었다.

“사랑에 데어도 온도가 높고 사랑이 뜨거워도 온도가 높은데 왜 하나는 아프고 하나는 안 아플까요?

“그러게요…. 음, 하나는 서서히 끓어오른 거고, 하나는 급작스럽게 나타나서가 아닐까요? 왜, 우리가 책상 모서리를 그냥 지나치면 안 아픈데 갑자기 부딪히면 아프잖아요….”

“근데 있잖아요, 초콜릿이 가장 녹기 좋은 온도는 몇 도인지 아세요?”

의미를 곱씹기도 전에 한 뜬금없는 질문에 그가 어쩔 줄 몰라 하며 답을 해야 하나 말아야 하나 고민하는 사이, 나는 말을 이었다.

“35도래요. 사람의 체온보다 1도 낮은 온도. 신기하지 않아요? 그래서 사람 입에 들어가면 서서히 녹죠. 초콜릿도 녹는 온도가 정해져 있는데, 사랑이라고 다를 게 있을까요. 그저 그 사람의 온도에 당신은 스며들지 못했고, 당신의 온도에 그 사람은 굳어있던 거예요. 각자가 가진 사랑의 적정 온도가 달랐던 거죠."

초콜릿을 만드는 데 있어 중요한 점은 온도조절능력이다. 이를 템퍼링이라 부르는데, 커버추어라 불리는 고체 형태의 초콜릿을 적정한 온도에 녹였다가 섞어주고, 또 녹이고 섞는 과정을 반복해 작업하고자 하는 초콜릿의 적정 상태를 만들어주는 것이다. 녹인 초콜릿은 대리석판에 깔아 마찰을 일으키며, 스크래퍼와 스패츄라를 이용해 원하는 온도가 될 때까지 식혀준다. 고도의 기술과 집중력 그리고 섬세함이 필요한 작업이다.

그런데 모든 초콜릿이 다 같은 온도로 녹아 그에 맞는 최상의 맛이 나오는 건 아니다. 각자의 녹는 온도가 다르고, 각자가 가진 온도에 맞게 템퍼링을 해주어야 그에 맞는 맛이 나온다. 아마 그가 가진 감정의 온도 또한 상대가 가진 온도와 달랐을 것이다. 입에 넣으면 다 같이 녹는 초콜릿일지라도, 아무렴 그 초콜릿을 만들기 전까지의 온도에는 각 초콜릿에 맞는 적정온도가 있으니까 말이다.

그는 나의 말을 듣더니 수긍하듯 고개를 끄덕이며, 어느새 식어버린 초콜릿 라떼를 단숨에 들이켠 채 말했다.

"그 사람도 혼자 하던 짝사랑이 이렇게 식어버렸겠죠? 그냥 아무것도 하지 않았으니까, 내버려 뒀으니까. 나도 이렇게 되겠죠. 곧?"

나는 그의 결정을 존중하며, 짝사랑이 어떻게 끝나든 그 맺음이 아름답게 끝나길 바라며 활짝 웃은 채 이야기했다.

"네. 용기 있던 짝사랑이었으니까 용감하게 잘 마무리할 수 있을 거예요. 짝사랑 이야기 들려주셨으니까 선물 하나 드릴까요?"

"네. 좋죠!"

한결 씩씩해진 승진 씨의 목소리와 함께 어느새 소나기가 그치고 하늘에는 저녁을 알리듯 거뭇거뭇한 하늘 사이로 먹구름이 흘러가고 있었다.

"코코아 가루예요."

"아까 마셨던 거, 맞죠? 이거 되게 맛있던데. 이거 마시려고 또 오려고 했어요!"

"맛있죠? 이렇게 찬 계절엔, 집에서 따뜻한 우유에 코코아 가루를 타서 마시면, 세상 행복하잖아요. 근데 그거 알아요? 코코아 가루, 방수 기능 있는 거. 그냥 물에다가 넣으면 안 녹아요. 잘 저어야 녹아요."

"그래요? 전혀 몰랐던 사실인데요?"

"그니까, 코코아 가루처럼 승진 씨도 비에 젖지 말라고요. 하하. 그리고 전 코코아 가루에 왜인지 모르게 자꾸 마음이 가더라고요. 물에 젖어도 잘 안 녹잖아요. 잘 풀어서 마셔야 하니까. 이게 많은 눈물에도 꿋꿋하고 강인하게 이겨내라고 말하는 것 같아요. 누군가의 위로를 받고 마음이 풀리고. 코코아가 그래요. 그래서 사실 좋은 것 같아요. 전."

조금은 진지해진 나의 말에 그는 잠깐 생각에 잠기며 고개를 끄덕이는 것으로 동감을 표했다.

"그러고 보니 일리가 있는 말이네요. 의미를 알고 받으니 더 센스 있는 선물인데요? 감사해요."

방금 그친 비에 창문에는 여전히 좀 전의 빗방울이 달랑거렸다. 한껏 더 추워진 날씨에 승진 씨는 외투를 고쳐 입으며 마음인지 발걸음인지 모를 것을 재촉했다.

"어느새 비도 그쳤네요. 비를 피하러 왔는데, 좋은 시간 감사해요."

나쁜 거, 몸이 싫어하는 건 누가 가르쳐주지 않아도 잘한다. 욕, 허리 굽히고 있기, 맨날 휴대전화 붙들고 있기. 좋아하는 사람을 싫어하는 것도 누가 가르쳐주지 않아도 잘하면 좋으련만 하는 생각과 함께 마지막 손님을 떠나보냈다. 재현이와 함께 뒷정리를 마친 나는 바깥의 어둠이 슬며시 상점에 들어오기를 허락하며 하늘의 색깔을 데려와 가게의 불을 끄고는 문을 닫았다.

사랑하는 너에게

마침 너를 생각하는 중에 비가 왔다. 말이 안 된다.

너를 생각하는 와중에 마침 비가 왔다. 나는 늘 너를 생각한다.

샐 틈 없이.

Sarang de Chocolate

살라미 초콜릿

"저기 저 바깥에 있는 재현 씨예요. 제가 좋아하는 사람."

꽤 자주 온다면 자주 오던 젊은 손님은 상담실에 앉자마자 밖에 있는 사람들의 눈치를 보더니 슬며시 말했다. 스물네 살의 대학생인 김우정이라는 이름이 어울리는 밝고 쾌활한 그녀는, 우리 초콜릿 상점의 재현이를 좋아한다고 했다.

어쩐지 늘 가게에 오면 별 시답지 않은 말을 종종 재현이에게 건네던 우정 씨였다.

"아, 오늘 날씨가 초콜릿 먹고 싶게 화창해서 왔어요!"

"우와, 이게 오늘 나온 초콜릿이에요? 친구 사주려고 했는데 잘됐다!"

오늘도 상담실에 오기 전 초콜릿을 사며 재현이의 눈을 바라봤다 메뉴판을 봤다 재현이를 봤다 반복하며 대화를 걸었던 그녀였다. 그런 그녀의 행동이 이젠 이해가 되었다. 매일 친구의 생일이라며, 남동생이 여기 초콜릿을 좋아한다고, 초콜릿 라떼가 생각나서 왔다며 한 손엔 다른 집 카페모카를 들고도 찾아왔다.

"혹시 저분 여자친구 있어요?"

우정 씨는 그녀에게 가장 중요한 질문을 꺼냈다.

"아니요? 모르겠는데…. 흠, 없을 거예요. 제가 알기론…. 그럼 여기 자주 온 게 다 재현 씨 때문이에요?"

이렇게 직원의 사랑 상태를 손님에게 알려줘도 되나 싶어 애매모호한 답변을 꺼내고선 나는 장난스레 물었다.

"아, 그래요? 그럼, 계속 좋아해도 되는 건가…. 에이, 아니에요. 정말 맛있어서 그랬어요. 그 사람 좋아한 김에 초콜릿도 먹고. 님도 보고 뽕도 따고 뭐, 일석이조라고 하죠. 이런걸 보통?"

그녀는 나름 심각한 고민에 빠진 후 나의 대답엔 그래도 성실히 대답해주었다. 그 후 우리는 사랑 이야기 외에 다른 주제의 이야기도 함께 곁들어 서로 웃으며 대화했다. 정말 자주 오던 손님이었는데 그녀의 이름과 나이를 알게 되고 그의 수줍은 사랑 이야기를 들으니 가까워진 기분이었다.

그렇게 다른 이야기를 하다 오늘의 본론인 짝사랑 이야기를 마저 했다.

"그냥 오던 초콜릿 가게였는데 지나가던 사람이 내 눈에 밟힐 수 있다는 거, 저분 덕분에 처음 알았어요. 그 사람이 내 마음에 들었어요. 꽤 무겁더라고요. 내 마음에 찬 저분이. 그래서 견디기가 힘드네요."

우정 씨는 뒤쪽으로 벽에 가로막은 채 바깥에 있는 재현이를 허공에서 가리키며 말했다. 그녀의 재현이를 향한 가득 찬 마음은 크고도 넓었다. 그러니 아플 만했다. 마음의 공간은 요만한데 짝사랑하는 마음은 이~만하니까. 좋아하는 마음이 불쑥하고 입 밖으로 튀어나와 끝내 오늘 용기 내 나에게 말하게 되었다고 했다. 차마 재현이에게는 먼저 말하지 못하고, 이렇게 상담을 먼저 한 후 할 수 있다면, 아니 괜찮다면 고백하고 싶다고 했다.

"왜, 보통 하는 흔한 말 있잖아요. 누군가한테 하는 말 중에 '어디서 많이 봤는데?'라는 말 아니면 '그쪽 같은 사람 처음 보는데?'라는 말. 어떤 게 나아요?"

"음, 모르겠네요. 우정 씨는요?"

나는 곰곰이 생각하다 답을 내놓지 못한 채 우정 씨의 대답을 기다렸다.

"아, 저분한테 이렇게 말할 건 아니에요! 걱정 마세요."

골똘히 생각하는 나를 보고는 괜한 오해를 살까봐 황급히 웃던 우정 씨는 말을 이었다. 자기는 아니라며, 정말 무엇을 고를지 몰라 고민하던 차였다고 말했다.

"그냥, 길거리에서 누군가가 날 보고 그렇게 말하거나 또 다른 누군가는 몇 번 저를 만나고 난 후에 너 같은 사람은 처음이라고 했었어요."

"근데 뭔가 익숙한 게 좋은 건지 새로운 게 좋은 건지 사람마다 차이가 있을 수 있다는 걸 알게 된 것 같더라고요. 낯섦에서 오는 설렘 아니면 친숙함에서 느끼는 사랑이라는 감정. 혹은 내가 누군가에겐 낯설고 또 다른 누군가에겐 낯이 익은 사람일 수 있으리라는 걸 그때 느껴본 것 같아요."

"어떤 감정으로 시작했든 너 같은 사람은 없었다는 감정을 상대방이 느꼈으면 좋겠지만요. 아, 그냥 그랬다고요…. 이 이야기가 갑자기 왜 나왔지? 하하."

우정 씨는 멋쩍게 웃으며 물끄러미 탁자의 무늬를 괜스레 바라보고 있었다. 그러곤 낯선 초콜릿 가게의 점원에게서 무언가 익숙한 감정을 느낀 것 같다며 이야기를 마무리했다.

내가 봐도 멋있고, 훤칠하고, 자상한 재현이는 손님들에게 언제나 친절했다. 그 모습에 아마 반했나 보다. 재현이의 마음이 어떤지는 모르겠지만, 뭔가 걸리는 부분이 있었다. 내 속의 의중을 나 또한 알지 못해 괜히 어떤 답을 우정 씨에게 꺼내야 할 지 몰라 그저 듣기만 했다.

"그저 저분한테는 손님밖에 안 되는 사람인데, 여기 자주 오다보니까 재현 씨가 내 마음에 들락날락하게 되었어요. 내가 단골이 아니라 저분이 내 마음의 단골이 된 셈이죠…."

"사랑이 뭐라고 생각하세요. 사장님은?"

한참을 재현이가 이래서 좋고 본인의 마음이 이렇다 말을 하고 나서 그녀는 나에게 물었다. 뭘까, 늘 사랑을 이야기하는데 그 정의는 생각해보지 않았다. 나는 골똘히 생각하다 이내 답을 내었다.

"그냥, 전…. 영화나 드라마? 전 제가 가장 좋아하는 영화는 어느 장면 하나 빼놓지 않고 말 하나 행동 하나 주인공 뒤에 비춰지는 배경 하나 하나 모두 빠짐없이 보고 싶어 하거든요. 가끔은 정주행도 하고요…. 전, 제가 좋아하는 사람 앞에서는 그 사람 눈동자에 비친 내 모습 하나까지도 모조리 관심 있게 봐요. 그리고 드라마처럼 내가 좋아하는 사람 앞에선 내가 가장 좋아하는 노래가 배경으로 흘러요. 근데 제 사랑은 영화랑은 다르게 줄거리도 앞뒤가 안 맞고 맥락도, 서사도 없더라고요. 막무가내로, 그냥 마음가는대로 사랑하니까 그런가…. 우정 씨는요?"

늘 사랑은 만연해 있는 감정이라 정의하기 쉽다 생각했는데 사랑이 뭐냐는 질문에 뜸을 들여 이야기하게 되었다. 어쩌면 처음 보는 누군가의 짝사랑 이야기를 듣게 된 것도 이와 같은 맥락에서였던 것 같기도 하다. 어떻게 보면 사랑이 무엇인지 몰랐던 내가 사랑을 해서 그랬던 건지도 모른다.

"첫사랑에 실패했잖아. 저거, 저거. 그래도 최근엔 이별에 성공했네."

안 그래도 우울한 마당에 방학을 맞아 잠깐 들린 한국에서 오랜만에 만난 친구들 사이로 지연이가 내게 말했다.

"스물다섯 살의 난, 가장 친한 5년 친구를 잃었어. 그것도 첫 대학친구를. 이제는 옛 친한 친구를 추억해야 할 때라고."

첫 연애와 첫 이별에 후유증을 근 반년이나 앓았다. 아침에 눈 뜨자마자 생각나 울고, 저녁에 자기 전에 한 번 울고. 하루

일과의 빼놓을 수 없는 과제처럼 그렇게 찔끔찔끔, 그러다가 펑펑 울었다. 그나마 바쁘고 낯선 유학환경이어서 덜 힘들었을지도 몰랐다. 사랑했던 사람보다 내가 사는 환경에 대해 신경 쓰기도 바빴으니까.

제과제빵을 배우러 간 대학교를 졸업한 후 수제 초콜릿의 명인들이 많고, 초콜릿으로 유명한 스위스로 요리학교를 다니기 위해 유학을 떠났다. 대학 시절 동안 학교와 아카데미를 다니며 초콜릿을 그래도 다 알았다고 생각했는데, 초콜릿의 본고장에서 배우는 건 그래도 뭔가 다를 것 같았다. 다른 관점으로 또 다른 경험과 도전을 해보고 싶었다. 이런 이유로 유학을 간다 했고, 이건 전혀 우리의 관계에 영향을 끼치지 않을 것이라고도 했다.

그럼에도 다른 나라로 간다 했을 때부터 그는 자신 없어 했다. 그에게는 긴 연애라는 믿음 하나로 버티기엔 너무나 먼 거리였고, 어느 마음이든 전달이 쉽지만은 않은 것만 같아 보였다. 그렇게 결국 초콜릿을 배우러 간지 5개월도 채 되지 않아 손편지로 손수 이별의 뜻을 보냈다. 그 편지가 도착할 때까지 그는 아무 신호도 없이 나와 연락을 이어나갔다.

"아니, 그것도 너무 웃겨. 빠른우편으로 보낸 거. 무슨 마음이야? 이별을 고하고 연락할 땐 아무렇지도 않은 척. 너는 맞대꾸도 안 하고, 왜 그랬냐는 말도 안 하고."

주호야, 미안. 20살이 되자마자 한 연애에 너와 내가 한 일들이 너무나도 많은데, 나는 마지막으로 너와 이별을 해야 할 것 같아.
사실 자신이 없었어, 처음부터. 조금은 많이 힘들 것 같은데, 우리는 잘할 수 있을 거야. 사랑도 같이 했으니까, 사랑하지 않는 것도 잘해보자, 같이. 질렸다기보다는, 너와 함께할 미래들이 너무 뻔해 보이는 게 싫은 것 같아. 늘 낮과 밤이 다른 채 하는 통화에도 지칠 것 같고, 가끔 만나 몰아서 하는 사랑도 힘에 부칠 것 같아. 우리 이제 다른 사랑을 해보자 다른 사람과. 그래서 나는 너와 이별을 하고 싶어.

어처구니없게도 담담하고 깔끔하게 이별을 고한 그에게 가타부타 뭐라 물어볼 말도, 징징대며 붙잡을 말도 생각이 나지 않았다. 어쩌면 우편이 내게 도착할 때까지 그가 내게 보여준 평범한 모습들은 날 위한 어쩔 수 없는 배려였다고 생각하기로 했다. 그래서 나는 그저 울었을 뿐이었다. 가장 가까웠던 사람과 단 한마디의 말로 절교를 할 수 있는 건 이별뿐이다. 그래서 더 슬펐고, 아팠다. 첫 짝사랑엔 실패했어도, 두 번째 짝사랑엔 성공했기에 더 간절했었는지도 모른다.

"아, 몰라! 그리고 첫사랑 이야기는 왜 꺼내~ 그래도 두 번째 짝사랑은 성공했잖아."

"아니, 그거 나 너무 신기해. 너는 어떻게 술 취할 때마다 첫사랑 이야기를 그렇게 해대냐."

"괜찮아, 그래도 얘 오늘은 전 남자친구 이야기만 주구장창 할 거다 아마."

"당연하지! 근 5년을 나 혼자서 사랑했는데, 안 억울하냐? 지고지순한 이 마음, 남들에게도 알려야지. 평생 동안 5년을 혼자 사랑하고, 5년을 함께 사랑했어!"

"이거 보면 아직도 미련 있는 거 아니야? 첫사랑한테."

"미련은 무슨, 억울해서 그럴 거다, 억울해서. 자기만 혼자 사랑한 거 억울해서. 이 첫사랑 술주정, 전 남자친구한테 안 보여준 것만으로도 다행이야. 아주."

"왜 나의 모든 사랑이 다 짝사랑으로 시작하지? 왜 날 좋아해 줘서 시작하는 사랑이 없냔 말이야. 나도 누군가의 짝사랑이 되어보고 싶단 말이야!"

어쩌면 남들 다하는 사랑의 이별에 크게 데여 더 이상의 흔한 사랑 이야기를 듣고 싶지 않았나 보다. '사랑했던 사람은 결국 내게 사랑에 대한 교훈만 남기고 이렇게 떠나는구나.' 하는 생각. 그 이후 수차례 선을 보고, 사귀었다 깨지고, 누군가를 붙잡아 짝사랑도 해보고 그러다 그만두었다. 결국 그때의 그 다짐처럼 누군가의 짝사랑을 받기란 여간 어려운 게 아니었다. 이러한 마음이 짝사랑 상담소를 만든 하나의 계기가 되기도 했다. 내가 받지 못했던 짝사랑이었지만, 누군가의 짝사랑 이야기를 들으며 나 스스로를 위로하려는 마음에서였던 것 같다. '나 혼자만 짝사랑으로 힘들었던 게 아니구나.' 하는 그런 마음.

　과부의 사정은 과부가 안다고. 그래서 아마도 짝사랑에 심히 데이고 있는 손님들에게 위안을 주고 싶었던 걸지도 모른다. 그래서 상담을 하러 온 손님을 보면 꼭 나를 보는 것 같았다. 손님들의 이야기를 들으며 그렇게 지나간 사랑에 대해 반성도 하고 회고도 했다. 그렇게 사랑의 진한 서러움을 알려주었던 젊은 시절에 가장 친했던 친구를 후에 나마 완전하게 서서히 놓아주었고, 여전히도 첫사랑은 가슴　한편에 무엇인지 모를 감정으로 남아 있은 채였다.

　방금 전의 그 짧은 질문에 담긴, 내겐 어려웠던 사랑에 대한 과거들을 스쳐 보내며 나 혼자만의 긴 생각으로 만들어진 대답을 마친 나는 우정 씨에게 사랑에 대하여 되물었다.

　"음, 전 사랑은 귀 같아요."

"…? 귀요?"

뜬금없는 답에 나는 의아한 듯 궁금해 하며 되물었다.

"어느 순간 생각해봤는데, 팔이랑 다리 그리고 눈, 코, 입 다 내 마음대로 움직일 수 있는데 귀는, 귀는 내 마음대로 움직일 수 없더라고요. 사랑도 그런 것 같아요. 내 마음대로 안 돼요. 마치 내 귀처럼."

우정 씨는 자신이 규정한 사랑의 정의를 그렇게 표현하고는 부끄러운 듯 어느새 빨개져 자신의 사랑과 닮아 있는 귀를 만지작거렸다.

"…어때요? 저 고백해도 될까요? 그저 스쳐 지나가는 손님인 제 진심이 통할까요?"

우정 씨는 뜸을 들이다 이야기했다. 내가 그래도 재현이와 같이 일하니까 고백해도 될까 싶어 물어본다고 했다.

"자꾸 사랑에 감겨요. 저 분이 제 인생을 방해해요. 공부하다가도 생각나고 놀다가도 생각나고 아무것도 못하겠어요. 자꾸 생각나서. 저 웃기지 않아요? 말 한 번 제대로 못해봤는데 좋아한다는 게."

"말 한마디 안 해도 사랑이라는 감정이 생기고, 분명 처음 본 사람인데, 아무 짓도 안 했는데도 괜히 싫어하는 감정이 생기기도 하고. 사람의 감정이라는 게 나도 모르게 저절로 생긴다는 거, 어떻게 보면 당연한 거 아닐까요? 그 짧은 첫인상 몇 초에 사람을 알 수 있다는 말이 괜히 있는 게 아니잖아요."

어쩌면 처음 봤을 때부터 상대방에게서 느껴지는 분위기에서 호감이 생기고, 몇 마디 나눠보지 않은 대화 속에서 이미 그가 어떤 사람인지를 알게 되었을 거라고 나는 그녀의 말에 동감했다. 그래서 그 얼마 안 되는 사이에는 사랑이라는 감정이 생기기에 나름대로 충분한 시간이었을 거라고 말했다. 사람들이 늘 첫인상이 중요하다 말하듯 내가 그 사람에게서 느끼는 첫 감정 또한 아마 그러할 거라고. 그러다가 대화 사이의 여유를 두었을 때 나는 우정 씨가 오늘 오게 된 용건에 대한 답을 꺼냈다.

"근데 재현 씨가 안 받아준다면, 우정 씨는 단골가게를 잃는 게 될 거예요. 아마. 재현 씨는 계속 저 자리에 있을 텐데. 저 친구의 마음엔 우정 씨가 자리하지 않아도 실망하지 않고 여기를 오는 게 쉽지는 않겠죠. 근데 단골가게를 오고 싶어 하는 마음보다 좋아하는 사람에게 전하는 그 마음이 더 크다면, 그렇다면 저는 찬성이에요. 전 어떤 결정이든 우정 씨 응원하는 거 알죠?"

이곳의 공기와 분위기가, 검은 초콜릿을 파는 가게에서 풍겨지는 밝은 느낌의 그러한 것이 좋아서 자주 들렸고, 그 상점엔 재현이가 있었다. 그래서 더 좋아했다. 좋아하는 초콜릿도 먹고 사랑하는 사람도 볼 수 있는 곳에서 이제는 선택을 해야 했다. 단골상점을 택할 건지 사랑하는 사람에게 용기를 내어 볼 건지.

"사장님은 제가 고백 안 하길 바라시죠? 제가 고백하면 단골을 잃을 수 있으니까요."

"괜찮아요. 이렇게 꽤 오래된 단골의 사랑 이야기를 들을 수 있었던 걸로 만족해요. 어떤 결과가 나올지는 아직 모르잖아요."

나는 살짝 잔웃음을 짓고는 알록달록 포장지로 꽁꽁 싸맨 살라미 초콜릿을 서랍 가장 구석진 곳에서 꺼냈다.

"이거 살라미 같죠? 이탈리아의 그 건조된 소시지 있잖아요."

"어머, 네! 진짜 그렇게 생겼네요?"

나는 포장지를 벗겨내 정말 살라미처럼 생긴 기다란 초콜릿 을 원목의 플레이팅 도마에 올려놓았다. 그런 다음 창가에서 쏟 아지는, 겨울의 어색한 오후 햇빛에 딸려온 반짝임으로 은은한 색채가 감도는 은색의 초콜릿 커터 나이프로 자르며 말했다.

"한 조각, 한 조각 썰어 먹어봐요. 그 조각들이 모두 없어질 땐 아쉽겠죠. 근데 후회하진 않을 거예요, 너무 맛있었으니까. 사담이지만, 저는 늘 좋은 영화나 드라마를 보면 아껴보고 싶 더라고요. 그래서 아까 말했듯이 늘 방영이 끝나고 나서 정주

행을 하죠. 초콜릿도 마찬가지고요. 저는 이 살라미 초콜릿을 늘 아껴서 조금씩 천천히 먹어요. 어떻게 보면 신은 우리에게 가장 좋은 사람은 아끼고 아꼈다가 나중에 보여주시는 것 같아요. 어떤 사람을, 어떤 사랑을 만나게 될지 모르지만, 우정 씨는 꼭 좋은 사람 만났으면 좋겠어요. 좋은 사람이니까. 우정 씨. 그간의 모든 방문들이 다 소중했고 귀했고 즐거웠기를 바라요. 아님 혹시 알아요? 이곳에 사랑하는 관계에 있는 사람을 만나러 오게 될지…. 그리고 어떤 결말이 되었든 그 어떤 고백도 후회가 되지 않았으면 좋겠어요."

이 말을 끝으로 우리는 이야기를 마쳤다. 재현이에게 눈인사를 하고 미리 주문한 초콜릿을 받아들고 그녀는 떠났다. 나는 재현이에게 우정 씨에 대해 말하지도 묻지도 않았다. '우정 씨의 발걸음이 뜸해지거나, 직접 찾아오는 걸로 짐작을 해야겠지. 아마도.'라는 생각까지만 할 뿐이었다.

그가 보고 싶다.

그와 사랑하고 싶다.

그의 사람이 되고 싶다.

그저 사소한 데이트를 하고 싶다.

내가 그렇게 될 성 싶다.

#4. 꾸역꾸역,
얼기설기 나와 너를 얽는다

Sarang de Chocolate

Choco late

"근데, 왜 처음 보는 사람들의 짝사랑 이야기가 궁금했어
요?"

왔다. 그것도 오늘의 첫 손님으로. 그가 결국 왔다. 진짜 올
줄 몰랐는데, 왔다. 저번에 먹은 초콜릿이 맛있어서, 그리워서
또 왔다는 말과 함께. 사랑 이야기를 하고 싶을 땐 언제든 와
도 좋다고 했더니 초콜릿이 생각날 때 와도 좋다는 내 뒷말만
기억했는지, 정말 초콜릿이 생각나서 왔다는 그의 말에 피식하

고 나는 웃었다.

"아, 감사해요…. 그, 그럼 다음에 또 올게요! 자주 올 것 같아요. 초콜릿이 정말 맛있더라고요."

초콜릿을 사고 머뭇대다 그냥 가려는 그를 붙잡았다. 있지도 않은 새로운 초콜릿이 들어왔으니 맛보라는 말과 함께. 그는 흔쾌히 좋다는 말을 했고 옆에서 은근 의아해하며 흐뭇한 표정을 짓고 있는 재현이와의 눈 맞춤을 어색하게 얼버무려버리곤 나는 그를 상담소로 안내했다.

앉자마자 그는 그렇게 물어봤다. 전에도 묻고 싶었던 말이라며.

"그냥요. 이것도 어떻게 보면 슬픈 이야기잖아요. 사랑 이야기는 설레는데, 혼자 하는 사랑은 약간 좀, 뭐랄까 위로가 필요한 종류인 것 같아서…?"

"뭔가, 사연이 있어 보이는데요? 사장님도 첫사랑 있죠?"

"그럼요. 세상에 첫사랑 없는 사람이 어디 있겠어요. 민웅 씨도 있죠?"

"흠…. 아뇨? 그 동안은 없던 거 같은데…. 늘 그냥 서로 좋아했던 것 같아요."

그는 나를 뚫어지게 쳐다보며 이야기했다.

'나쁜 놈.'

누구는 자기 좋아해서 실컷 고생했는데 한번을 살면서 여태까지 평생 누군가를 몰래 혼자 좋아해본 적 없단다.

문득 그는 왼쪽 손목에 찬 시계를 보더니 말했다.

"아, 좋다! 전 짝사랑 경험이 없으니까 사장님이 들려주세요. 저 오늘 연차내서 시간 많아요. 기념이에요. 저번엔 제 이별 이야기 들어주셨으니까, 오늘은 사장님 쉬게 해드릴게요. 오늘은 다른 사람의 사랑 이야기 안 들어도 돼요. 제가 들어드릴게요."

건축 디자이너로 일한다는 그 사람은 오랜만에 쉬게 되었다며, 집에서 그간 못 잔 잠을 푹 잘까 하다 문득 초콜릿이 떠올라 방문하게 되었다고 했다. 어쩐지 오늘은 가게로 들어오자마자 저번에 못다 한 말을 하듯 건물이 예쁘다는 말과 함께 인테리어도 예쁘고 안정적인 분위기에서 주는 온화함과 초콜릿이 주는 달콤한 향 덕분에 고객들이 오고 싶게 하고 설레게 하는 공간이라고 말했다.

"네? 그게 무슨….."

"사장님은 그동안 손님들 이야기만 들어봤잖아요. 오늘은 특별하게 제가 사장님 이야기 들어드릴게요. 이렇게 쉴 때도 있어야죠! 그리고 이렇게 새로 나온 초콜릿도 주셨는데."

새로운 초콜릿도 아니었다. 그저 그를 붙잡아둘 요량으로 건넨 내가 좋아하는 녹차 초콜릿이었다. 그 초콜릿을 들어 보이더니, 뭐 별 거 아니라는 듯 들어볼 준비를 이미 마친 양 의자를 바로 하고 이야기를 시작하라며 눈짓을 보냈다.

"저, 정말요?"

그가 의자를 탁자로 가까이 하자 오래된 빈티지의 의자에서 난 끼익~ 소리처럼 그의 앞에서 삐걱대며 어쩔 줄 몰라 어딘가 고장 난 듯 당혹스러움을 감추지 못하는 나였다.

"그럼요! 저 이래봬도 친구들 상담도 잘해요."

짝사랑의 대상 앞에서 짝사랑 이야기를 하는 건 무척이나 어색하고 당황스럽기까지 했다. '이 사람이 기억을 한다면 어쩌지? 이걸, 사실대로 말해야 하나 말아야 하나.'라는 생각의 회로를 돌리다가 결국엔 해도 그만, 안 해도 그만이라면 하고 생각해보자는 결론에 도달했다.

"그럼 저 정말로 해요?"

그는 쫑긋 귀를 기울이고 있다는 모습을 취하고는 장난스런 웃음을 보였다.

"이거, 정말 색다르네요. 맨날 듣기만 했지, 누군가에게 내 첫사랑을 말하는 거 진짜 어색하네요. 이제야 손님들의 마음을 알 것 같기도 하고…."

그의 귀여운 모습에 '나는 어디서부터 말해야 하나.' 하는 생각과 함께 입을 뗐다.

"중학교 이학년 때였어요. 그 사람은 우리 학교 학생회장. 왜 첫사랑은 다 학생회장에 반장일까요? 전국의 리더십 있는 사람들은 다 멋있고 착하고 공부도 잘하고 운동도 잘하나?"

"어? 나도 학생회장이었는데, 주호 씨가 그렇다면 그런 겁니다. 저도 그런 부류 중에 하나 맞죠?"

농담하듯 말하는 그에게 약간의 미소를 보이며 이야기를 이어나갔다.

"하도 인기가 많으니까, 저도 익히 들어서 알고 있었죠. 그렇게 그냥 어쩌다 마주치면 저 사람이 그 유명한 학생회장이구나하고 지나치는 정도."

"저는 그 오빠 좋아한 날도 기억해요. 그 날은 체육대회 때였어요. 그 오빠가 계주 마지막 주자로 나와서 달리기를 하는데 너무 멋있는 거예요. 그 오빠가 결국 일등으로 들어왔죠. 근데 반 친구가 그 학생회장의 친구랑 친하다고 그 언니 보러갈 겸 운동장에서 그 오빠 반 자리를 눈으로 찾고는 같이 가자는 거예요. 그래서 같이 갔죠."

첫사랑 앞에서 첫사랑 이야기라니. 낯설고 어색할 줄 알았는데, 그 날의 기억이 선명한 듯 막힘없이 내 이야기는 계속 이어졌다.

"친구랑 친하다는 사이의 언니가 우리를 반겨줬고, 그 옆엔 그 오빠가 있었어요. 그 언니가 눈치를 챈 듯 그 오빠한테 저희를 소개시켜줬죠."

"인사해. 나랑 친한 동생, 김진아 그리고 진아 친구 한주호."
"어, 안녕? 반가워. 내 친구 동생들이니까 친하게 지내자!"

"그냥 하는 말이었는데도 이래서 괜히 학생회장이 아니구나 했죠."
"매너 있어서?"
"아마도…?"
"그러고서는 잠시 자리를 비우더라고요. 잠시 후 음료수 두 개를 들고 오더니 제 친구랑 저에게 하나씩 주는 거예요."

"이거 두 개 남은 건데 먹어."

"아직도 기억해요. 레모네이드 음료수. 저 그거 한동안 집에 내버려뒀는데 엄마가 참기름 통으로 썼어요."
"진짜요? 아, 너무 애틋한데? 하하, 그럼 그 통 아직도 남아 있어요?"

본인 이야기인데, 그는 기억도 못하면서 내 첫사랑 이야기에 한껏 웃으며 물었다.

"뭐, 이사하면서 버렸죠…."

"그럼, 그렇게 반하게 된 거예요?"

"네, 뭐 그런 셈이죠. 웃기죠? 레모네이드. 그 음료수 때문에 사람이 좋아졌다는 거. 근데, 그 음료수를 건네는 모습에서 그 사람의 자상함을 보고, 멋있고 인기 있는 전교회장의 역시~에서 나오는 선배의 모습을 본받고 싶은, 그런 거에 반했던 것 같아요."

"에이, 아니요! 오히려 너무 근사한데요? 첫눈에 반했다는 말이잖아요. 그래서 그 후에 친해졌어요?"

"흐아, 그렇게 이야기해주시면 감사하죠. 정확히 이야기하면, 그 전에도 저는 그 사람을 알고 있었으니까, 두세 눈에 반했다는 표현이 맞으려나? 하하…."

나의 장난 섞인 대답에 그는 호탕하게 웃으며 내 뒷말을 기다리듯 테이블을 사이에 두고 내 앞으로 몸을 더욱 가까이 했다. 나는 그가 가까이 하자 높아진 열기에 공기의 밀도가 점차 낮아짐을 느꼈다. 우리는 같은 공기의 것을 비슷한 템포로 한 숨 두 숨에 대화를 통해 뱉어내고 함께 마셨다.

"음, 뭐랄까. 복도에서 마주치면 선후배 사이로 내가 먼저 인사하고, 그냥 딱 그 정도 사이였죠. 얼굴만 튼 사이? 그러다가 그 오빠 졸업식이었어요."

좋아하게 된 지 반년이 훌쩍 넘은 때였다. 이제는 그래도 내 마음을 전해도 되지 않을까 싶은 마음이었다. 졸업식이니까, 그래도 되지 않을까라는 마음이었다.

"그 오빠 졸업식 날 서랍에 초콜릿을 넣었어요. 좋아한다는 말과 함께요."

"그때부터예요, 그럼? 초콜릿을 좋아하기 시작한 게? 역사가 깊은 초콜릿 사랑인데요?"

"예? 네 뭐, 그게 그렇게 되는 건가…? 하하."

"근데, 너무 떨었나 봐요. 제 이름을 안 적고 쪽지랑 초콜릿만 전달한 거예요. 저는 집에 와서 알았죠. 그걸 알고 나서 집에서 얼마나 울었는지 몰라요. 근데 다시 무를 수는 없으니 제 첫 고백은 그냥 그렇게 어이없이 끝나버린 거죠."

좋아해요, 오빠.

오늘 졸업 축하해요. 저도 꼭 1년 뒤에 오빠랑 같은 고등학교 갈 거예요.

저도 졸업식에 있을 거니까

오빠도 제가 좋다면 오늘 졸업식에서 저랑 같이 사진 찍어요!

누군지도 모르는 사람의 고백, 그리고 누군지도 모르니 같이 사진을 찍고 싶어도 찍지 못하는 당황스러운 그 쪽지에 그는 결국 나와 사진을 찍으러 오지 않았다.

"어떡해요… 용기내서 한 고백인데…"

내 앞에 앉은 첫사랑은 의아해하는 듯하다가 이내 안타까운 표정을 지으며 그때의 나를 위로하는 표정을 지어보였다.

"그렇게 시간이 흐르고, 그 오빠가 없는 중학교를 다니고, 나는 쭉 고등학교를 다니는 그 오빠를 여전히 좋아하고 있었어요. 그리고 매일 매일 바랐죠. 제발 그 오빠 다니는 학교에 배정되게 해달라고."

결국 간절한 소망은 통한다고 했던가. 나는 그 오빠와 같은 학교에 배정되었다. 오랜만에 본 그 오빠는 여전히 멋있었고 여전히 인기가 많은 고등학생 2학년이었다. 그를 복도에서 보자마자 인사를 했다.

"오빠! 안녕하세요."

그토록 보고 싶었던 오빠는 당황스러운 표정을 지으며 "으응~"하며 복도를 지나갔다. 하긴 그럴 만도 했다. 몇 년 전 체육대회 때 이야기 잠깐 나눈 거 가지고, 복도에서 만나는 많은 후

배들의 인사 속 하나였던 나는 그리 특별한 후배는 아니었다.

"아니, 그 사람 안 되겠네? 주호 씨 얼굴을 어떻게 잊어요?"

그는 농담반 진담반으로 팔을 걷어붙이며 말을 했다. 그런 그의 모습에 웃김과 설렘과 속상함이 함께한 복잡한 마음을 웃음으로 대체하며 지금의 그에게 하는 말인 듯 대답했다.

"그러게요. 어떻게 잊어요!"

"그래도 예전처럼 인사라도 하는 사이가 되고 싶었어요. 그 래서 그 오빠가 있는 선도부에 들어갔죠."

아침마다 그 오빠와 선도를 서는 날이면 어김없이 긴장하고 설레며 학교 가는 길이 기대가 되었다. 아침잠이 많던 내가 그 날이면 40분은 일찍 일어나 머리를 매만지고 얼굴을 몇 분이 고 더 들여다보고 갓 세탁한 교복을 입고 좋은 향이 나는 로션 을 바르고 학교에 갔다.

"항상 그 오빠 옆에 섰어요. 한가할 때는 서로 이야기도 나 누고 했죠."

"한주호? 이름이 중성적이다."

"그때는 내 친구들과는 다르게 예쁜 이름을 가지지 않아서 속상할 때였어요. 조금은 침울한 표정을 지으며 '네. 좀 그렇죠?'라는 말을 했어요."

"아니, 아니 너무 예뻐. 특이해서 더 궁금하게 하잖아. 어떤 사람일까 하고. 중학교 때 너랑 같은 이름 가진 사람 있었던 것 같은데. 신기하다."

"당황해하는 표정을 지으며 그런 말을 하는데 떨리기도 했고, 그 사람이 내 이름을 기억한다는 것에 조금은 기쁜 마음이 먼저 들었어요."

"그거 옛날에 체육대회 때 오빠 친구 지영 언니가 소개해준 그 동생 말하는 거죠?"
"어? 그랬나? 지영이! 어, 맞아! 어떻게 알았어? 그 동생이 설마 너야?"
"네! 왜 이제 알아보는 거예요!"

나는 앙탈부리듯 말했다. 그러자 반갑다며 이렇게 중학교와 고등학교를 같이 다니게 되어 기쁘다 말하고선 웃어 보이는 그였다.

"고등학교 오더니 더 예뻐졌네, 그러니까 못 알아봤지."

선도부를 하며 그의 옆에 머무를 수 있는 시간이 많아졌다. 나는 그를 옆에서 슬쩍 바라만 보는 것으로도 좋아했다. 그러다 그 사람에게서 자주 보이는 습관 하나하나를 다 기억했다. 어색할 때마다 오른쪽 목을 긁적이는 것, 어느새 길어진 머리카락은 걸리적거릴 때마다 왼손으로 휙 하고 뒤로 넘기는 것까지도. 사소한 것일지언정 그가 하는 건 어떤 것이든 다 가벼이 여기지 않았다. 아침에 오고 간 그가 기억도 못할 잡다한 대화들을 자기 전 밤까지 생각해 곱씹고 또 곱씹으며 하루를 마무리했다. 그때가 좋았다. 좋아하는 사람을 가까이서 찬찬히 볼 수 있었던 그 아침, 상쾌하게 불어오는 바람 속에 오순도순 떠드는 그 순간들을 밤까지 기억 할 수 있던 그 날들이.

"근데, 그게 전부였어요. 그 오빠가 고2까지 선도부를 하고 그만 두었어요. 저도 고2가 되어서 그 오빠 교실과 같은 층을 쓰게 되었어요. 예전엔 복도에서 만나도 항상 반갑게 잘 지냈냐며 밥 먹었냐고 친절하게 물어봐줬는데, 고3이 되어서인지 그냥 인사해도 힘들어하는 모습을 한 채 눈웃음만 짓고는 교실로 들어가 버렸어요. 저는 속상했어요. 오빠와 말 한마디라도 섞지 못해서가 아니라 매일 축 쳐져 있던 그 오빠 모습을 보는 게. 아마, 고3이라 예민한 시기여서 그랬겠죠…."

내 이야기를 듣고 있던 그는 어딘지 모르게 이상한 표정을 지으며 계속 나의 이야기를 듣고 있었다.

"또 졸업식이 되었어요. 이번엔 기필코 성공하고자, 또 편지를 남겼죠. 이번에도 안 하면 후회할 것 같았거든요."

오빠 졸업 축하해요.

원하는 대학 들어가셨다고 들었어요!

저도 오빠 따라서 같은 대학 갈 거예요, 꼭!

그리고 저 오빠 많이 좋아해요. 그 동안 말하고 싶었는데 드디어 말해요.

오빠도 제가 좋다면 연락해주세요.

010-XXXX-XXXX

한주호가~

"전화도 남겼고, 이름도 남겼어요. 더 이상의 실수는 없었죠. 그 이후로… 연락도 없었고, 소식도 없었어요. 그렇게 저는 고3이 되고 그 오빠를 계속 좋아하다 대학교가서 연애도 하게 되고, 뭐, 여기까지 오게 된 거죠."

나의 첫 짝사랑 이야기가 끝나자 약간의 침묵이 흘렀다. 괜히 앞에 있는 사람의 눈치를 슬쩍 봤다. 뭔가를 생각하는 표정인 듯 보였다.

"혹시… 서른두 살이에요?"

뭔가 짐작이 간 듯 그 오빠는 내 이야기가 끝이 나자마자 물어보았다.

"네…."

"혹시, 실례가 안 된다면…, 서성중에 버리고 나왔어요?"

"네…."

"그 학생회장 이름이 설마 선민웅이에요?"

"네…."

나의 모든 이야기를 끝으로 내 첫사랑을 들켜버렸다. 아니, 내 앞의 첫사랑은 자신이 내 첫사랑인 것을 알아버렸다.

"그때 그 한주호가 지금 제 앞에 있는 그 한주호예요?"

"네…."

세상에 이런 일이 있냐며 놀란 표정을 지으며 그는 깜짝 놀란 듯이 말했다.

"나 저번에 처음 왔을 때도 알았어요? 아니 학창 시절의 그 사람이 나인 거 알았어요?"

"네, 당연하죠. 왜 몰라요."

왜 모르겠냐며, 어떻게 모를 수가 있냐며 말했다.

"왜 말 안했어요? 민망하잖아요. 후배한테 이별 이야기 늘어놓은 거 같고, 그것도 그거지만 첫사랑이라면서 날 좋아했던 사람 앞에서 별 말을 다 했네요…."

"내 첫사랑 상대의 이야기잖아요. 듣고 싶었어요. 그냥, 그게 뭐든…."

나는 솔직하게 이야기했다. 너무 솔직했던 탓이었는지 그는 내 말에 짐짓 당황해하며 말을 잇지 못한 채 멍하니 있었다.

"아… 아니, 그럼… 하…"

"그건 그렇고, 제 쪽지 보고 왜 연락 안했어요, 저 얼마나 속상했는지 알아요?"

그는 골똘히 생각하더니 자초지종을 설명했다.

"아, 그건… 사실 그 쪽지 잃어버렸어요. 연락하고 싶어도 뭐, 할 방법이 없었죠. 아, 그리고 고3때 좀 많이 힘들었죠. 공부하느라, 그래서 복도에서도 그렇게 힘든 티를 팍팍 내고 그랬네요. 제가…"

조금 미안해하는 그에게 아니라며 손사래를 치며 괜찮다고 말했다.

"근데 제가 그 사람인 건 대체 어디서부터 아신 거예요?"

"그냥, 뭔가 선도부 이야기부터, 갑자기 이름이 듣던 이름 같고, 고3때 쪽지 줬다고 했을 때…? 확신했던 것 같아요."

"아, 그랬구나…."

말을 끝내고 난 후 우리는 꽤 어색한 듯 쭈뼛대다 어쩔 줄 몰라 하며 오빠는 괜히 초콜릿 포장을 꼼지락거렸고 나는 여전히 김이 모락모락 나는 우유 잔을 쳐다만 볼 뿐이었다.

"중학교 졸업식 때 쪽지 받은 건 기억해요?"

나는 부끄러웠지만 그래도 궁금한 건 짚고 넘어가자는 심산으로 첫사랑 앞에서 그간 물어보고 싶었던 걸 다다다~ 물었다.

머리를 긁적이며, 사실 고백쪽지를 여럿 받아 기억이 안 나지만, 지금 생각해보니 한 쪽지에 전화번호와 이름이 없어서 당황했지만 웃음이 나기도 했던 기억이 있다고 했다.

"인기가 많았다 이거죠?"

"아, 아니… 그게 아니고… 미안해요. 그때 주신 거 알았으면…"

"알았으면… 달랐으려나…."

말끝을 흐린 채 어벌쩡 넘어가려는 그에게 나는 혼잣말 하듯 어영부영 말을 짓고는 어색한 공기를 눈치채 이내 큼큼 하며 입을 열었다.

"아, 말 놔도 돼요…. 오빠."

나는 눈치를 슬쩍 보고는 호칭을 바꿔 반말이 편하지 않겠냐며 반말을 해도 좋다고 말했다.

"어, 어…. 그래…. 너도 말 놔."

천천히 시간이 지나면 차차 말을 놓겠다고 말한 후 나는 궁금한 것이 있다는 표정으로 단도직입적으로 말했다.

"오빠, 그 사람은 잊었어요?"

너무나 당황한 기색의 표정을 내게 들키고는 "으응, 다 잊었지. 그럼."이라며 아무 일도 아니었다는 듯 그냥 호탕하게 웃어 보였다.

여전히 침묵이 맴돌고 있는 어색한 공기의 흐름을 바꾸기 위해 그는 아무 질문이나 던졌다.

"저번에 가게 이름이 프랑스어에서 영감을 받아서 지었다고 했나? 사랑 데 초콜릿, 근데 프랑스어로 사랑이 뭐였더라…? 초콜릿은 그대로 뭐 초콜릿이겠지?"

"초콜릿은 쇼콜라(chocolat)예요."

"그리고, 쥬뗌므(Je t'aime)…"

나는 의도적으로 눈의 시선을 그에게 향하며 말했다. 어설 프지만 당찬 나의 간접고백이었다.

"어… 어?"

"사랑은 쥬뗌므이고요."

내 눈빛에 조금은 놀란 듯한 그가 어버버하며 "아, 그렇구나." 하고 말했다.

"근데, 세상에는 이 언어를 다른 언어로 번역해도 안 되는 말이 있잖아요, 말맛도 안 살고. 근데 '사랑'이란 단어는 어느 나라 말로 해도 설레고 멋있는 것 같아요. 세상의 모든 사람들은 사랑을 느꼈으니까 그 단어가 어느 언어로도 있는 거겠죠?"

나의 말에 조금은 당황한 기색을 몰아내고는 '듣고 보니 정말 그러네.'라는 표정으로 나의 말에 공감했다.

"세상의 많은 사람들이 사랑이란 단어가 있어서 사랑을 할 수 있었을까요. 아님 사랑을 해서 그 단어가 생겨난 걸까요?"

"음, 나도 생각 안 해봤는데, 희미해진 감정을 정의했던 게 사랑이라는 단어가 아니었을까?"

그렇담, 난 지금도 확신할 수 있었다. 무엇이 먼저든 나는 말할 수 있었다. 그를 향한 내 마음은 여전히도 사랑이라는 것을.

"오빠도 우유 마셔 볼래요? 맛있는데…."

따뜻한 물만 마시고 있는 그에게 나는 마시던 내 머그컵을 건넸다.

"와, 여전히도 따뜻하다. 맛있네."

오빠는 주저 없이 내가 마시던 컵에 입을 가져다 대며 우유를 홀짝 마셨다. 간접키스를 한 것만 같은 기분에 소녀마냥 부끄러워 바닥을 쳐다봤다가 천장을 쳐다봤다. 서른이 넘어도 간접키스에 마음이 어린이가 된 듯 설렌다는 사실은 이날에서야 처음 알게 되었다.

"근데 어쩌다 초콜릿을 만드는 사람이 되고 싶었어? 원래 초콜릿을 좋아했어?"

"초콜릿 먹으면 기분이 좋아지잖아요. 페닐아틸아민이라는 성분이 분비되어서 그렇대요. 이 물질로 이성에게 사랑을 느끼게 해주는 그런 감정이 생기기도 한대요. 그래서요. 뭔가 사랑의 묘약 같은 느낌?"

사랑의 유효기간을 과학적으로도 증명한, 3년이면 떨어질 페닐에틸아민이라는 신경물질이 떨어지지 않도록, 나는 아마 그렇게 사랑의 묘약을 계속해서 만들어가며, 초콜릿을, 너를 좋아했나보다. 그렇게 또 한 번 생각했다.

부끄러워도 할 말을 다하는 내 얼굴이 결국엔 빨갛게 달아올랐다. 여전히 겨울이 들었는데, 채 시들지 않은 가을의 붉어진 단풍이 내 볼에도 들어찬 마냥 발그레해졌다. 그런 나를 보고는 몰래 미소 짓는 그였다.

"초콜릿 먹을래요? 어제 만든 거예요."

어젯밤에는 손님들이 자주 찾는 바크 초콜릿을 만들었다. 카카오빈을 판에 곱게 갈아 크기별로 분류하고 이물질이나 질이 좋지 않은 것을 선별해 로스팅을 한 후, 카카오닙스만 남도록 셸을 벗겨내는 과정을 거친다. 그 후 콘칭기에 넣으면 수십 시간에 걸쳐서 액화상태의 초콜릿이 탄생한다. 그렇게 시간이 지나고 어제가 되어서야 그라인딩 작업을 거친 초콜릿에 설탕을 첨가한 후 적당한 질감과 맛을 찾기 위해 템퍼링을 했다.

이렇게 만든 초콜릿을 미리 준비한 직사각형의 몰드에 부어 한참 식힌 후, 그 위에 말린 딸기와 해바라기씨 같은 견과류를 하나하나 놓고 초콜릿 위에 레터링으로 마무리를 했다. 초콜릿을 녹였다 굳히기를 반복한 응고의 시간을 거쳐서 만든 그 큰 초콜릿 바를 자랑하듯 보여주고는 반으로 쪼개 하나는 그에게 주고 하나는 내가 가졌다.

"와, 너 대단하다. 이런 것도 만들고. 영어로 초콜릿이라고 썼네? 이렇게 새기는 것도 어렵겠다…. 근데 오늘 초콜릿 너무 많이 주는 거 아니야? 이렇게 많이 받아도 되는 거야?"

"에이, 주고 싶어서 주는 거예요. 그리고 이게 일인데요. 뭐. 쇼콜라티에."

"아, 초콜릿 만드는 사람이 쇼콜라티에구나? 정말 멋있다. 너."

우리는 서로 하나의 초콜릿을 쪼개 같이 나눠 먹었다. 내가 가진 건 'Choco'라고 쓰여 있는 부분이었고, 오빠에게 준 건 'late'이라고 쓰여 있는 부분이었다. 오빠는 모르는 내 소심한 첫사랑의 복수였다. 왜 이렇게 나를 늦게 알았냐며, 떼를 부리고 싶었지만 내가 할 수 있는 건 장난으로 살짝 오빠를 흘겨보며 비밀의 암호가 담긴 문서를 주듯 초콜릿의 반을 주는 고작 이것뿐이었다.

"근데 이렇게 상담하러 오는 사람마다 무료로 초콜릿 나눠 줘도 돼? 너희 집 거덜 나는 거 아니야?"

하하. 장난스레 묻는 그의 말에 나는 웃으며 답했다.

"괜찮아요. 그래도 이렇게 몇 년 째 유지중인 거보면. 이런 걸 보통 집객력이라고 하죠. 한 번 상담하러 온 사람은 두 번 와요. 그러다가 초콜릿의 맛 때문에 세네 번. 그렇게 또 와요. 저는 단순히 손님을 맞이하는 게 아니라 그들의 사랑 이야기를 알게 되어서 마치 친구가 찾아온 양 기쁜 마음으로 그들을 맞이해요. 보통 사람들은 처음 본 사람에게, 그리고 다신 못 볼 사람에게 자신의 진솔한 마음을 꺼내기도 하잖아요. 그래서 사람들은 제게 이야기를 하는 것 같아요. 그러다 가끔은 그들이 새로운 사랑 이야기를 들려주러 또 들러요. 아니면 사랑에 성공해서 오기도 하고요. 그게, 재밌어요⋯. 그리고 오빠도. 또 왔잖아요. 어떤 이유에서건⋯."

집객력이라는 어색한 단어를 사이에 두고 서로를 쳐다보며 풋~하고 웃는 모습 속에 그는 의미심장한 눈빛을 한 채였다.

그 찰나의 눈빛 속에 라포가 형성됨을 느꼈다. 상담자와 내담자 사이에 의사소통의 증진을 위해 흔히 있는 관계의 상태이지만서도, 나는 그것에마저 의미를 부여하게 되었다. 대화의 틈 속에 그가 나의 말에, 내가 그의 말에 집중을 하는 상호주

의가 생겼고, 서로의 이야기에 관심을 기울이고 공감과 청중의 의미로 보이는 고개의 끄덕임과 가끔씩 짓는 위로의 표정에서 긍정주의를 형성했다. 결국 서로 조화를 이루어 같은 공기 속 느껴지는 공통된 감정들, 서로를 향해 무의식 속에 끌어당겨 좁혀진 의자와 책상 사이를 통해 어느새 조금씩 조금씩 마음 이 동기화되어감을 확인할 수 있었다.

문득 가게를 이리저리 돌아보다가 그는 무언가를 발견했는지 궁금한 표정으로 물었다.

"심리상담 자격증도 땄어?"

"그럼요! 이래뵈도 저 자격증도 있는 심리상담가예요!"

그가 시선을 둔 한 쪽 벽면에 걸린 심리상담 자격증을 가리키며 자랑스레 이야기했다.

"와! 나도 대학생 때 심리학 수업 교양으로 들었는데. 공통점 하나 생겼네."

마침 공통된 관심사를 찾은 것이 보물찾기를 하다 가장 큰 선물을 발견한 아이처럼, 방긋 웃어 보이며 그런 내가 자랑스럽다는 듯 표정을 지었다. 한참을 초콜릿을 함께 먹으며 이야기하고는 그는 갈 채비를 하다 문득 벽면의 게시판처럼 보이는 패널에 빼곡히 채워진 쪽지들을 보고 하나의 글귀에 시선을 한참을 머무른 채 말했다.

"받아본 적 없는 사랑을, 그리워하는 건, 어리석은 짓이었다."

그가 가고 난 후 쓴 글귀를 그가 낮은 목소리로 띄엄띄엄 그리고 또박또박 읽어 내려갔다.

"이건 누가 다 쓴 거야?"

"그냥, 제가요. 손님들이 가고나면 생각난 글들을 포스트잇에 짧게 쓰고 벽면에 붙여놔요. 누군가 마음으로 공감하기도 하고 공유하기를 바라면서."

"이건 언제 쓴 건데?"

"모… 몰라요. 기억 안나요."

그 말을 쓰기까지 그간 짝사랑했던 기억이 생각나며 억울하고 서럽고 설레기도 한 마음이 공존한 상태였다. 막상 만났는데 그 당시 짝사랑했던 것도 나, 혼자 그리워했던 것도 나, 괜히 혼자 그 사랑을 기대했던 것도 나였다. 그래서 부끄러운 마음에 거짓말을 했다.

"그냥, 짝사랑했던 손님이 오래 전 사랑했던 사람과 재회했는데, 생각해보니 지나간 그 모든 감정이 다 자기 것만 있었다는 거예요. 늘 그 짝사랑과 언젠가 만나면 어떨까라는 생각을 품고 있었는데, 결국 시간이 흘러서 보게 되어도 설레는 감정을 느낀 것도 자기 혼자였대요. 그래서 '그랬구나.' 하는 마음으로 썼어요."

그는 나를 빤히 쳐다보고는 흘러가는 듯 말하며 인사말을 고했다.

"과연 그게 어리석은 짓일까, 상대방은 고마웠을 텐데… 아, 시간이 벌써 이렇게 됐네. 나 가봐야겠다. 오늘 정말 반가웠어."

작게 읊조리듯 하는 이야기에 내심 한 번 더 되묻고 싶었지만, 뒷말에 신경이 곤두서 나를 설레게 만들었다. 좋았다. 그 말이. 그는 헤어지는 인사말로도 나를 설레게 했다. 시간 가는 줄 모르게 우리가 이야기했다는 그 사실이, 그냥 마냥 좋았다. 그런 그를 붙잡듯이 나는 말했다.

"또 올 거죠? 초콜릿 먹으러?"

그는 깊게 생각한 듯이 나를 보고는 말했다.

"응, 여기 있는 초콜릿 다 먹을 때까지 계속 올게."

그는 문자를 남기겠다는 말을 하고는 딸랑~ 소리를 내고 상점을 떠났다.

내 세상에 나타나서 고마웠던 존재.

너를 사랑한 스스로에게 감사하게 만든 존재.

그 존재가 내 인생의 여운으로 남았다.

초콜릿 상자

결국 당신이 첫사랑이었다는 말을 끝내고 한참을 멍하니 창문 밖을 바라만 보고 있었다. 그런 나에게 재현이는 혼자 쭈뼛대며 다가와 말했다.

"저번에 그… 우정 씨라고, 대표님께 상담했던 분, 기억나세요?"

'아, 결국은 고백했구나.'라는 생각이 들었다.

"으, 응 그럼. 그건, 왜…?"

우정 씨가 상담소에서 재현이의 이야기를 꺼낸 게 아닌 척 나는 되물을 수밖에 없었다.

"아, 그분이 제게 고백했어요. 저번에 퇴근하고 가는 길에 만났었는데."

우정 씨가 나와 상담을 한 후 한참을 가게에서 재현의 일이 끝날 때까지 기다렸다가 용기 내 고백했다고 했다.

"저, 그쪽이 일하는 가게 단골인데 기억하세요?"

"아, 네. 안녕하세요. 그럼요. 자주 오셨잖아요. 방금도 왔다 가시고…. 그런데 무슨 일로…?"

"이거, 저쪽 사탕가게에서 산 거예요. 초콜릿 가게 점원한테 사탕 주는 거, 참 어색하네요. 하하…."

"아, 네… 감사해요. 그런데 왜…?"

"그냥, 사탕 보니까 재현… 재현 씨 맞죠? 그쪽 생각이 나서요. 매니저님한테 익숙한 초콜릿보다 이 사탕처럼 낯설지만 그런대로 달콤한 사람으로 남고 싶어서요. 아, 말이 좀 쑥스럽나…?"

"사탕봉투를 받아들고 저는 그저 멀뚱멀뚱 그 분을 쳐다볼 수밖에 없었어요."

"아, 아… 그게… 그럼…"

"저 재현 씨 많이 좋아해요. 그래서 가게도 많이 찾아간 거고요. 이 썩으면 저 책임져 주셔야 돼요. 정말! 아, 그렇지만 초콜릿 맛도 맛있어서 찾아간 거예요. 그냥 다 좋았어요. 거기 가면. 그래서 자주 찾아간 거예요…"

"죄송해요. 아, 제가 미처 몰랐네요…. 근데… 지금은 제가 조금 힘들 것 같아요…."

"아… …, 알아보기라도 하면 안 될까요?"

"그, 그게…"

"그 사탕봉투를 받는데 자꾸만 걸리는 무언가가 생각나 고백을 거절할 수밖에 없었어요. 그래서 다시 봉투를 건넸죠. 그게 무엇인지 알지 못했지만, 이름도 모르는 자주 보던 단골의 고백을 섣부르게 받아들일 수는 없었다는 말이 더 맞았던 것 같아요."

"그래도 가게 자주 찾아오셔야 돼요. 저 때문에 단골 뺏기면 사장님이 저 미워하실 거예요. 제가 초콜릿도 서비스로 많이 드릴게요."

제 딴에는 본인이 할 수 있는 최대의 배려랍시고 초콜릿 서비스를 많이 준다고 말했다. 그 배려에 우정 씨는 자기도 모르게 또 푸훗~ 하고 크게 웃어버렸다고 했다.

"아! 아, 아니에요. 이 사탕은 가지세요. 꼭 주고 싶었어요. 그냥…. 그리고
제가 고백한 사람 있는 가게를 어떻게 또 가요. 민망하게. 그리고 대표님께
꼭 감사하다고 말해주세요. 그래도 덕분에 용기 내어서 고백한 거니까."
"고백해주셔서 감사해요. 저 알고 보면 별로예요. 손님에게 맞는 더 좋은
분이 찾아오실 거예요."

우정 씨는 허~ 하고 웃더니 마지막 그 말마저 설렌다는 듯
환하게 웃고는 악수를 청하며 이 말을 끝으로 재현이에게 뒷
모습을 보이고 떠나버렸다고 말했다.

"다른 사람 눈에는 별로여도, 제 눈엔 좋아요."

재현이는 그렇게 고백을 거절했다. 찝찝하고 미안한 감정을
가진 채, 집에 돌아와 한 입 까먹은 사탕에서는 기존에 알던
익숙하면서도 달달한 맛이 났다. 하지만 본인은 그래도 사탕보
단 초콜릿이 더 맞는 것 같다고 했다.
"왜. 한 번 만나보기라도 하지. 맘에 드는 다른 사람이 있나
봐?"

"에휴, 무슨. 아니에요. 그냥 뭔가, 좀 그래서요."

"뭐가~ 뭐가 좀 그런데~? 뭐 있나봐. 어디 상담소로 한 번 같이 들어갈까?"

얄궂은 눈빛을 하며 꼬치꼬치 캐물으려는 나의 모습에 재현은 손사래를 치며 화장실로 내빼버렸다.

화장실에서 돌아온 재현이를 계속해서 놀리던 시간이 차츰 지나고, 장난기 가득했던 나의 모습에서 어느 정도 진정을 찾을 때쯤이었다. 혼자 골똘히 생각하고 있는 양 굼지럭굼지럭찬 기운에, 조금은 건조해진 공기의 무게를 다 흡수하듯 무거운 발걸음을 상점으로 향해 오고 있는 여자를 발견하게 되었다. 재현이가 그녀를 반갑게 맞이하며 상점 안으로 안내했다. 고맙다는 고갯짓과 함께 그녀는 머뭇머뭇하다 조심스레 따뜻한 카페모카를 주문했다.

그런 그녀는 무언가를 찾는 듯 이리저리 가게를 둘러보다 계산대 옆에 놓여 있는 짝사랑 상담 안내문을 꼼꼼히 읽고 확신에 찬 듯 말을 했다.

"저도 이거 할래요!"

"짝사랑하는 감정을 좋아한다는 사람들 있잖아요. 난 그런 사람들 이해가 안 가요! 나는 괴롭기만 하던데, 짝사랑 이제 그만 하고 싶어요. 그래서 오늘 다 털어놓고 이젠 정말 끝내려고요. 그래서 찾아왔어요."

그녀는 앉자마자 기다렸다는 듯이 말을 퍼부었다. 정예하라는 이름을 가진 그녀는 같이 마케팅부서에서 일하는 직장상사를 짝사랑하고 있었다. 다른 장소에서 만났으면 벌써 고백했을 텐데, 왜 하필 동료를 좋아해서라는 속상함이 담긴 말과 함께 이야기를 시작했다.

"그 사람은 제 선임이었어요. 지금은 부서가 달라졌지만. 그래서 많이 가깝게 지낼 수 있었죠. 아니, 혼나면서 친해졌다 해야 하나? 저보다 세 살 많은 사람이었는데, 그냥 다 좋았어요. 친절하게 가르쳐주는 모습 하나하나. 실수했을 때는 상처받지 않게 지적해가며 다음에 잘하라고 격려도 해주고."

"그 사람은 알아요? 예하 씨가 본인 좋아하는 거?"

"모르겠죠. 아마 모를 거예요. 아무한테도 이야기 안 했고, 그냥 편한 선후배 사이정도로만 생각할 거예요."

그 사람은 그녀에게 관심이 없어 보인다고 했다.

"우리가 회식을 종종 했어요. 팀 회식을. 와도 되고 안 와도 되는 자리인데, 저는 무조건 가요. 그 사람이 올까 봐. 그 사람이랑만은 아니지만 그 사람이 같이 있는 자리에서 저녁식사하고 싶어서. 근데도 그 사람은 안 와요. 그럴 때마다 허탕 치는 거죠. 아, 이 사람은 딱히 내가 신경이 쓰이고 내가 있는 이 자리에 오고 싶은 마음은 없구나. 나랑 같은 마음이 아니구나, 실망을 하죠. 그냥 그 친한 선후배 사이에 제가 조금 착각하고, 친절한 그 모습에 괜히 설렜던 거였어요."

"그 사람한텐 나라는 존재가 아무것도 아니겠죠? 그 사람한텐 내가 안 보이겠죠…. 내가 좋아하는 사람 때문에, 나를 좋아한다는 사람을 놓쳤어요. 진짜 웃기지 않아요? 사랑에 상처 받은 만큼 상처 주는 거. 사랑이란 거 진짜 어려운 것 같아요. 나는 그 사람 사랑한다는 이유로 나를 좋아한다던 다른 친구의 고백을 미안하다는 말로 거절했어요."

그녀는 길거리의 연인들만 봐도 이제는 신기하다고 했다. 부럽기도 하고. 내가 걔를, 걔가 나를 좋아한다는 게 당연한 일이 아니라는 걸 알기에.

"현재의 난 할 줄 아는 게 하나도 없어요. 과거의 나는 소심해서 고백을 못했고, 미래의 난 그런 나를 보고 후회하고 원망하겠죠. 어떡해요. 그럼. 난 지금 할 수 있는 게 아무것도 없는데…."

그녀의 말이 끝나고 내가 할 수 있는 일이라고는 그저 마른 웃음으로 그녀를 위로하는 것뿐이었다.

"그 사람이 어느 날은 책을 빌려줬어요."

그녀가 한숨을 나지막이 쉬고는, 내 옆 협탁 위에 올려져 있는 두세 권의 책을 보고 무언가 생각이 났는지 말했다.

"업무와 연관된 수필 책이라고, 나에게 필요할 거라고 말이죠. 그 사람의 책 속에 까맣게 그어진 밑줄로 저는 그 사람과 대화를 했어요. '이 사람은 이 부분에 감동을 받았구나.' 하고. 먼저 책을 읽고, 먼저 인생을 산 사람과 교감하는 기분? 그랬어요. 좋기도 하고."

"그 사람은 책을 자주 읽어요. 그래서 그 이후에도 내가 책을 빌려달라고 하면 주저 없이 빌려주기도 했죠. 그걸 핑계로 고맙다고 커피 한 잔 사는 시간도 함께 가지고요. 그 사람이 책을 통해 가지는 생각, 느낌들 나도 같이 공유하고 싶었어요."

"그 이후로 나도 책을 사서 읽을 때면 항상 밑줄을 긋곤 해요. 감동이 되었거나, 재미있었거나, 기억하고 싶은 문장이 있으면요. 그 사람 때문에 나도 습관이 하나 생긴 거죠. 책 한 권을 끝내고 제가 읽은 책을 처음부터 끝까지 휘리릭~ 훑어봐요. 이 책엔 내 밑줄이 얼마큼 그어져 있을까 하고…. 그 사람과 함께라면 내 인생은 모든 순간순간들에 밑줄이 그어져 있겠죠?"

그녀는 그와 있었던 일들을 풀어놓으며 한껏 고조된 마음을 차분히 가라앉혔다. 그녀의 말들에 바삐 움직였던 공기 속 침방울들을 내려놓은 후 그녀는 갑자기 말을 꺼냈다.

"아, 진짜 보고 싶다. 말하면서도 보고 싶어요."

"전요. 짝사랑이 괴로워도 너무 괴로워요. 누가 짝사랑은 설레고 아름다운 거래요? 저는 너무 싫어요. 제가 더 좋아해서 그런가 봐요. 원래 사랑하는 사람은 더 미워요. 더 사랑하니까."

"언제는 그 사람이 너무 보고 싶어서 채팅창에서 그 사람이랑 한 대화들을 몇 번이고 읽었다가 대화창에 나도 모르게 '보고 싶다.'는 말을 수십 번 치고 '유정하', 이렇게 그 사람 이름을 막 치고 그랬어요. 그러다가 그 사람 이름을 치는 순간 저도 모르게 보내기 버튼을 눌러버렸어요. 실수였죠."

"큰일 났다. 어쩌지 하면서도 내심 좋았어요. 아, 이렇게 용기 없는 나에게 세상이 기회를 주신 건 아닌가하고."

"유정하."

"그러고선 곧바로 선배라고 다시 보냈죠."

"선배."

"오, 웬일이야. 잘 지냈어?"

"부서를 옮긴 이후로 처음 하는 문자였어요. 사소한 대화가 이어지다가 선배가 말했죠."

"내일 회사 앞에서 커피 한 잔 하자. 내가 키운 자식 잘사나 보는 마음으로."

"떨렸어요. 그냥 선배로서 한 말인데, 먼저 커피 마시자고 하는 그 말까지."

"뭐 마실래? 전 따뜻한 아메리카노 한 잔 주세요. 너도 아메리카노 좋아해?"
"아니요. 전 바닐라라떼 주세요."
"아, 너 쓴 커피 안 좋아해?"
"네. 저 쓴 거 못 마신다고 맨날 카페 같이 갈 때마다 바닐라라떼만 마셨잖아요."
"아, 그랬나?"

"멀뚱멀뚱, 몰랐다는 표정과 함께 선배는 짐짓 미안한 듯 머리를 긁적였어요. 저는 선배의 말 하나하나 다 기억하는데, 선배는 저에 대해 기억하는 게 아무것도 없었어요."
"근데 또 있죠. 웃기게도 이런 생각이 들더라고요. 지금 내가 하는 말도 다 한 귀로 듣고 한 귀로 흘릴 건가? 그 틈을 타 고백하고 싶어졌어요. 근데 할 수 없었죠. 그냥, 이대로 감정 못 들킨 채 끝나버린다는 마음에 또 울적했어요. 그날."

"그 이후로 만난 적은 없어요?"

그녀에게 안타까운 표정을 지으며 나는 물었다. 이야기를 끝낸 예하 씨는 내 질문에 그렇다는 말과 함께 울음을 참는 듯 한 표정을 지으며 고개를 숙였다.

"차라리 애초에 만나지 않았더라면, 좋아하지 않았더라면 그 사람 좋아할 일도 없었을 텐데, 왜 내 앞에 나타나서, 아니, 왜 내 선배여서…."

그의 속상한 마음을 대변이라도 하듯 문 밖으론 찬 기운을 가득 담은 눈이 하늘에서 조금씩 조금씩 포슬포슬 떨어지고 있었다. 첫눈이었다.

"어, 첫눈이네요."

"그러게요. 사랑을 잊으려고 찾아왔는데 첫눈이라니…. 봄은 봄이라서 설레고 겨울은 겨울이라서 설레는 것 같아요. 내 마음도 모르고…."

안타까운 마음에 나는 이리저리 그녀의 감정을 차분히 눈에 담고는 그녀의 샛노란색 휴대전화 케이스를 발견했다. 나는 그 휴대전화 케이스 색과도 닮아 있는 짙은 노란색의 상자에서 흑갈색의 테두리로 둘러싸여 하얀 리본으로 동여매어진 4구 초콜릿 상자를 꺼내 예하 씨에게 건네며 말을 했다.

"예하 씨. 이 초콜릿을 그분께 선물해주는 건 어때요? 사랑 고백은 한 번 못해봤지만, 짝사랑 고백은 해볼 수 있잖아요. 이거 주면서, 나 너 이만큼 사랑했다. 뭐, 이런 거요."

그녀는 조금은 놀란 표정을 보이며 말했다.

"사랑 고백도 못해봤는데, 짝사랑 고백은 할 수 있을까요?"

"짝사랑 이야기하면서 예하 씨처럼 이렇게 당찬 손님은 드물어요. 저는 충분히 손님이 할 수 있을 것 같은데요? 짝사랑 끝낼 그 용기면 고백할 용기도 있을 걸요?"

4개의 초콜릿을 담은 상자는 소품함으로 쓸 수 있을 만큼 예뻤고 그 안엔 알록달록 맛있는 초콜릿이 담겨 있었다.

"어떤 물건을 보면 그 물건에 담긴 추억이 생각나잖아요. 오래된 카세트에 담긴 어린 시절 추억들, 옛 교복에 담긴 모락모락 피어나는 학창 시절 생각들. 저는 상대방이 이 상자에 담긴 초콜릿을 하나씩 까먹을 때마다 그때의 그 사람을 떠올렸으면 좋겠어요. 그 사랑이 이루어지지 않아 씁쓸하기도 했지만, 누군가를 설레게 했으니까, 그 설렘이 달콤하기도 했잖아요. 그리고, 이 상자를 서랍이나 책상 위에 올려놓고 그 사람이 다시 사용한다면, 그때마다 날 한 번씩 생각해줬으면 하는 마음과 함께?"

"저, 정말 해도 될까요? 짝사랑 고백?"

나는 환히 웃어보이고선 크게 고개를 끄덕이며 그녀를 응원
했다.

"후회 안 할 자신 있다면요. 현재의 내가 할 수 있는 한은 해
야 미래의 나에게 덜 부끄러우니까요."

우중충한 하늘에 의미를 부여하고
포슬포슬 내리는 눈에 의미를 부여하고
그렇게 나는 너의 이상할 일 없는 행동에 의미를 부여한다.
나는 너라는 언어의 문외한인 것 같다.

보상의 초콜릿

본의 아니게 짝사랑 고백을 해버렸다. 그거, 인생에 한 번쯤 해도 나쁘지 않았다. 그래서 어쩌면 손님에게도 용기를 내라고 말했는지도 모른다. 잘했다 생각하자. 10년이 흘러 이렇게 만난 것만으로도 만족하자. 어떻게 되든지. 그저 그런 생각뿐이었다.

침대에 누워 한참을 가만히 있었다. 방 안 창문에 가득했던 파란 하늘을 뒤로하고 새까만 색의 밤과 함께 달이 나를 고이

비추고 있었다. 결국 잠이 오지 않는 시간의 천장 위로 떠오르는 수많은 생각에 밤을 지새고 말았다.

오늘의 첫 손님은 이 상점에 자주 오는 재현이 친구 민영이었다. 전엔 재현이가 휴가차 해외여행을 간다며 잠시 비운 자리를 대신해 도와줄 사람을 구할 때 왔던 친구도 민영이었다. 그래서 꽤 가깝기도 하고 그 이후로 몇 번이고 자주 찾아오는 친구였다.

"언니, 저 또 왔어요!"

"어! 왔어?"

"또 왔냐? 초콜릿 많이 먹으면 이 썩어."

"너는 초콜릿 가게 직원이 할 소리야! 그게? 엉?!"

친한 친구에게 하는 장난에 나는 사장답게 장난이 담긴 투로 혼쭐을 내주고는 민영이를 맞이했다. 그날따라 민영이는 오랜만에 봐서 그런지 언니랑 이야기하고 싶다며 나를 상담소로 끌고 갔다.

"사장님 시간 없는데 괴롭히지 말고 빨리 가~"

민영이는 재현이를 찌릿 쩌려보고는 이내 웃으며 "언니랑 놀거야~"라며 상담소 자리에 앉았다.

"왜, 무슨 할 말 있지?"

나는 의미심장해 보이는 민영이의 표정에 떠보듯 물어보며 대화의 시작을 열었다.

"아니, 그냥 뭐…"

내가 건넨 옅게 우린 커피를 한 모금 한 후, 민영이는 이제 말할 때가 되었다는 마음으로 심호흡을 한 뒤 말을 꺼냈다.

듬직한 우리 직원을 좋아한다고 했다. 고등학교 때부터 이어온 우정을 어떻게 해야 할지 모르겠다고 했다. 가게에 자주 오고 재현이를 대하는 태도를 보면 예상은 안 했던 바는 아니어서 놀라지는 않았다. 전에 온 우정 씨와의 이야기를 떠올리며 '어쩐지 걸렸던 게 너였구나. 그래서 고백을 거절한 재현에게 치던 나의 장난에 진심이 섞였구나.' 하는 생각이었다.

"언제부터였어?"

"모르겠어요. 그냥 나도 모르게 좋아졌나 봐요. 옆에 있으면 재밌고 그 친구 만날 생각에 학교 가는 것도 기대가 되고, 독서실 가는 그 길도 뭐 나쁘지 않았고. 서로 다른 대학교를 가도 가끔 동네 카페에서 만날 때도 좋았어요."

"아, 고등학교 끝 무렵, 그때쯤이었나?"

민영이는 재현이와 함께했던 시간들에 담긴 마음을 읊으면서 눈을 천장으로 하고는 다시 나를 보며 이야기했다.

"재현이가 어느 날 만나서 밥을 먹는데 왼손을 쓰더라고요."

"어…? 너, 원래 왼손잡이였나?"

"아니? 너 왼손잡이잖아. 너랑 밥 먹으면 자꾸 부딪히니까. 그래서 너랑

먹을 땐 왼손으로 먹으려고."

"그 친구가 왼손잡이가 된 게 나 때문이었어요. 내가 걔랑

밥 먹을 때마다 부딪치는 손이 불편할까 봐. 그래서, 그래서 그

랬대요."

"왼손으로 밥 먹는 건 어떻게 연습했어?

"그냥, 먹고 사는 일인데 되지. 뭐. 안되는 게 어디 있어. 그리고 양손잡이

면 똑똑한 거래. 그래서 나도 똑똑해지려고."

"아무렇지 않은 듯 말하는 모습. 그래서 반했나 봐요….."

"하루에도 수십 번씩 그 아이의 프로필을 들락날락, 바뀌지

도 않는 SNS 대문 사진을 열었다 닫았다. 이건 뭐, 널 좋아해

가 아니라 널 조회해예요. 문자창을 켜서 아무 말이나 예전처

럼 하고 싶다가도 좋아하는 마음이 더 커지니까 전처럼 그냥

막 불러서 노는 것도 부끄럽더라고요. 왠지는 모르겠어요."

그렇게 재현이를 생각하곤 자기도 모르게 조심스레 부끄러

운 웃음을 지으며 자신 앞에 놓인 커피 잔의 커피를 휘휘 젓다

무언가 생각났다는 듯이 말했다.

"커피, 재현이랑 커피 처음 마셔봤는데, 카페 가서. 첫 커피를 스무 살 되고 나서 재현이랑 처음 마셨어요. 왜, 커피는 어른들만 먹는 것 같잖아요. 쓰니까. 재현이랑 단 둘이 커피 마시면서 이야기하는 그 시간이 좋았어요. 그래서 저도 그 쓴 커피를 자주 접하게 됐죠. 그래도 익숙지 않더라고요. '나는 커피를 좋아하지 않는구나.' 했어요. 근데 재현이는 커피를 좋아하더라고요. 그래서 우리는 자주 카페를 갔죠. 그리고 재현이가 마시는 커피도 따라 마시고요. 그래서 배웠어요. 초반에는. 커피 마시는 법. 맛은 들였는데, 그래도 떨리더라고요. 가끔씩, 커피를 마시면."

재현이와 커피를 마시고 나면 느껴지는 떨리는 심장을 민영이는 좋다고 했다. 걔 때문인 건지, 카페인의 작용에 의한 건지 모를 그런 마음 같아서. 네가 날 안 좋아한다면 커피 때문이라고 해두자. 네가 날 좋아한다면 너 때문이라고 하자. 변명을 할 여지를 남겨둘 수 있는 재현이와 마시는 커피가 좋다고 했다.

"그 앤 아마 세상의 모든 것을 닮았나 봐요. 달을 봐도 그 애 생각, 나무를 봐도 그 애 생각, 컴퓨터를 켜도, 휴대전화를 열어도 온통 그 애가 생각이 나요. 아니 그냥 내 삶에 그 아이가 온통 담겨져 있나 봐요. 아주 예쁘게."

"그 친구가 하는 풋-하게 만드는 개그도 재미있어요."

"나 초콜릿 네 알 먹을 거야."

"뭐 레알 나랑 밥 먹어야 한다고?"

"우재현, 너 이거 재킷 바닥에 끌린다."

"뭐? 나한테 끌린다고?"

"야 우리 아빠 차 대시보드가 이상해. 좀 어떻게 좀 해봐봐"

"뭐 나한테 대시할 거라고?"

"꼭, 이렇게 마음에도 없으면서 장난으로 이렇게 말해요. 끼
부리는 건가? 걔 왜 그래요?"

"그러게. 하하, 재현이 왜 그런데."

서로 재현이의 개그에 조금은 웃다가 "이거 이거, 안 되겠
네. 내가 혼내줘야겠네." 하며 민영이의 침울한 마음을 달래주
었다.

"그러다가도 그렇게 장난치는 재현이를 보고는 저러다 나이
들면 아재 개그를 하는 아저씨가 되겠구나. 그런 아재 개그를
옆에서 툭툭 던지는 재현이와 함께 늙어가는 것도 소소하게

재미있을 것 같다. 뭐, 이런 생각마저 들고… 어쩌다 그 아이와의 미래에 내가 있는 상상을 하고….”

짝사랑 상대의 미래에 슬며시 나라는 주체를 끼워 넣는다. 민영이의 과거에도 현재에도 미래에도 항상 재현이가 있다. 친구로서, 짝사랑 상대로서, 그리고 어떤 다른 방식으로 있게 되던.

민영이의 말을 가만히 들어주며 오랜만에 만나는 자리에 사랑 외의 이런저런 대화를 주고받다 요즘 재미난 영화 뭐 있을까, 그거 우리 같이 보러갈까 같은 소소한 이야기를 했다.

“전 판타지 영화의 주인공이 한 번 되어보고 싶어요.”

“갑자기?”

“사랑은 저에게 판타지이니까요. 한 번도 이루어진 적 없는. 남자친구도요. 외계인인가? 왜 한 번도 안 나타날까요?”

그녀는 짝사랑 상대의 마음을 기다리다 사랑의 경험을 채해보지 않은 상태였다.

“그 외계인이 재현이었으면 좋겠어?”

나는 창의적인 민영이의 말에 히히 웃으며 물었다.

“네! 그럼 세상에서 제일 잘생긴 외계인이겠다. 그렇죠?”

“그렇네.” 하며 나는 둘이 한 프레임에 있으며 잘 어울렸던 모습을 떠올리곤 물었다.

“그동안 재현이는 정말 한 번도 너에게 감정이 있었던 적은 없었을까?"

"네. 자기는 죽어도 없었대요. 친구들이 물어보면 꼭 그렇게 이야기해요. 곧 죽어도. 나쁜 놈. 언니가 저번에 물어봤을 때도 그렇게 이야기했잖아요. 진짜로 평생 결혼해도 볼 사이라고."

민영은 자신의 짝사랑을 오랜 우정으로밖에 말할 수 없는 씁쓸한 허탈감을 테이블 반대편 모서리까지 이어진 긴 한숨으로 대체했다.

"집에 혼자 있으면 그냥 심심하고 외로워요. 그러다가 문득 볼 사람 없는데 자꾸 뭐가 보고 싶을까 생각하면 걔예요."

침묵을 깨고 나온 말은 결국 사랑하는 사람을 보고 싶다는 말이었다.

"저는 항상 길을 돌아다니면 걔가 있을까 매번 두리번~ 두리번거려요. 사랑을 하면 시야의 폭이 넓어지나 봐요. 걔가 어디 있는지 항상 눈으로 찾고 찾아요. 어느 날 우연히 걔를 볼 때면 제 눈의 보폭은 재현이를 향해 뛰어가느라 커져요."

민영이가 갑자기 내 눈을 똑바로 쳐다보고서는 자신에게 묻는 말인듯 말했다.

"아기들이 혼자 밥 먹고 혼자 걷고, 혼자 옷 입으면 그렇게 칭찬해주던데, 다 컸다 이건가. 나는 아직도 앤데…. 요즘은 혼밥을 먹는 사람을 봐도 용기가 대단하다고 칭찬해주던데. 왜 혼사랑은 미련한 걸까요…?"

혼자 젓가락질을 성공한 아이가 부모의 칭찬을 바라듯 민영이는 서글픈 눈빛으로 나를 바라보았다.

"너 대견해. 내가 칭찬해줄게. 칭찬의 의미로 초콜릿 선물."

나는 '달콤한 첫사랑의 추억'이라는 꽃말이 담긴, 그래서 보랏빛이 더 선명하게 꽃내음을 자극하는 라일락 초콜릿을 얼른 건네곤 웃으며 말했다. 초콜릿 한 알에서 은연중에 풍기는 수수한 향긋함에 민영이도 옅게나마 웃음으로 답례했다.

"하하, 이러니까 진짜 애가 된 기분이다. 나 진짜 칭찬 받을 일 하는 거 맞죠?"

"이참에 머리도 쓰담쓰담 해줘야겠네."

민영이는 방긋 웃더니 방금 준 초콜릿을 조심스레 녹여 먹으며 말했다.

"여기 초콜릿은 참 맛있어요."

"그럼. 맛있어야지. 이 조그마한 초콜릿이 되기까지의 과정은… 말도 마. 얼마나 힘든데…."

"알죠, 알죠. 그 과정을 알아서 더 맛있는 거 같아요. 녹이고 굳히고…."

초콜릿을 녹였다가 굳히는 게 달콤한 초콜릿이 되는 과정이라 치자. 내 마음도 그와 같이 녹았다가 굳어지는데 왜 내 건 씁쓸하고 쓸모가 없을까. 왜 자꾸 나를 설레게 했다가 나를 힘들게 했다가. 상대방은 왜 그러는 걸까. 아니 날 이렇게나 힘들게 하는 상대방에게 나는 왜 좋아하는 마음이 드는 걸까.

"사람 헷갈리게, 아니, 헷갈릴 일도 없는 건가."

민영이는 초콜릿 포장을 찬찬히 훑어보고는 혼잣말인 듯한 말을 툭~ 내던졌다.

"사랑해서, 서러워?"

"네. 아니, 따지고 보면 못해서 서럽다는 말이 더 맞으려나 ……. 서러워요. 정말. 고백하면 관계를 잃을 것 같아서. 나는 그 사람을 사랑하는데 그 사람은 내가 사랑했던 걸 전혀 모른다는 거. 이 사랑의 주체가 그 사람인데 그 사람은 몰라요."

"초콜릿도 어느 시대냐 누가 발음했느냐에 따라서 다르잖아요. 누군가는 영어발음대로 촤퀄릿~이라 발음할 거고 누군가는 외래어 발음 그대로 초콜릿으로 발음하고. 조선시대에 초콜릿이 처음 들어왔을 땐 저고령당이라고도 불렸대요. 그럼 내 사랑은 그 사람에게 어떻게 불리게 될까요?"

"우정을 깨 버린 짝사랑? 아니면 친구 사이에서 사랑으로의 발전? 뭘까요, 제 사랑은."

"사랑, 참 힘들다. 짝사랑은 더군다나."

"맞아요. 저기 바로 있는데, 밥 먹고 커피 마시고, 평생 친구

로서 옆에 있는데, 사랑한다고는 말도 못하는 내 신세가 처량
해요. 짝사랑은 한쪽만 상대방을 사랑하는 거고, 외사랑은 날
사랑하지 않는 사람을 일방적으로 사랑하는 거래요. 그럼 뭐해
요. 그렇게 단어로 내 사랑을 백 날 천 날 규정지으면 뭐하냐
고요. 왜 사랑은, 내 사랑은… 그 사람이 몰라주는 걸까요….”

“…그래도, 우리 재현이 아무한테나 주기 아까운 남자였는
데, 민영이 네가 좋아해서 다행이야. 민영이라면 우리 든든한
직원, 내가 여부없이 허락하지!”

나는 전에 본 우정 씨에겐 미안한 마음이 들었지만 그럼에
도 솔직하게 이야기했다. 어쩌면 재현이가 고백을 거절했던 이
유가 내 앞에 있는 사람 때문은 아닐까 하며.

“아~ 뭐예요. 하하, 그래도 제가 재현이 좋아하는 거 티내면
안 돼요. 알았죠?”

“그럼, 당연하지! 사랑하는 사람을 옆에서밖에 지켜볼 수 없
는 거. 그게 우정을 지키는 일이라는 거. 정말 힘든 거 아는데,
조금이라도 틈이 보인다면, 그 틈이 기회다 생각하고 한 번 도
전해봐. 알았지?”

민영이는 나의 말에 한참을 생각하고는 말했다.

“음, 네! 꼭 그럴게요.”

우리의 이야기와 말소리가 차츰 잦아지자 손님이 오는 소리

가 들렸다.

"곧 크리스마스네요. 캐럴 들으니까 더 설렌다."

상점에서 울려 퍼지는 배경음악에 민영이는 말했다.

"그러게. 올해도 얼마 안 남았네."

"언니, 손님 오시는 것 같으니까 이만 갈게요. 오늘 고마웠
어요. 미리 메리크리스마스!"

민영이는 나에게 "또 올게요." 하고는 상담실 밖으로 나가
재현이에게 "나 간다!"라는 말과 함께 조금은 가벼운 발걸음으
로 상점문 밖을 나섰다.

"사장님, 민영이랑 무슨 이야기했어요? 쟤 또 내 욕했죠?"

"비밀!"

오늘 우리 상담소의 손님이었던 민영이와의 약속을 지키기
위해 나는 비밀이라 말했고, 내 말이 끝나자마자 재현이는 "했
네, 했어."라며 민영이에게 문자를 보내고 혼자 피식 웃었다.

야, 나 조금 있으면 일 끝나는데 같이 가지. 혼자 가냐?

집에 꿀 훔쳐놨지?

널 향한 종이비행기를 접었다 폈다.

또 다시 접고 다시 펴고 자국이 남았다.

다시 접었다 던져버렸다.

접어서 날린 종이비행기가 잡혔다.

곱게 접어 날려버린 내 사랑을 네가 잡았다.

#5. 사랑이 적든 크든,
나이가 많든 적든
다 사랑하던 삶이다

한겨울 낮의 화창한 하늘에 걸린 구름의 포근함 덕분인지
계절의 차가움은 잊은 채 마음이 몽글몽글~ 추운 게 매력인
특별한 오늘이 무색하리만치 따뜻한 오늘이었다. 날이 날인 만
큼 캐럴을 틀고 아침을 열었다.

"아, 크리스마스네. 할 것도 없고."

성탄절이 뭐 별건가. 그저 내 눈엔 빨간 날일 뿐. 빨간 날이
라 그저 온 세상이 빨갛게 물 들은 것 뿐. 오늘을 열은 때도 해

가 중천에 뜬 시각쯤이었다.

"야, 쉬는 날인데 뭐해."

"애들이랑 있지. 넌 뭐해."

"나는 그냥 있지. 혼자. 나 뭐 하지? 심심한데."

"몰라. 그건 이제 네가 알아서 찾아봐야지. 아 참, 크리스마스에 이런 이
야기해서 좀 뭐한데, 나도 어디서 들은 거라. 네 전 남친 결혼한대. 내년 1
월에. 그냥 그렇다고."

"전 남친 누구?"

"너랑 자그마치 5년이나 사귄 그 우리 학교 선배"

"아……"
"왜?~ 내심 전 남친이 결혼한다니까 열불 나고 막 짜증나?"

"짜증은 무슨. 이젠 이도저도의 감정도 안 드는 남인데, 뭐. 행복을 빌어

야지.

근데 내게 별로여서 헤어진 전 남자친구가 누군가에겐

가장 좋은 사람이어서 결혼을 한다는 거잖아. 그거 참 기분 멜랑콜리하

네."

"아 참, 길 가다가 너 가게 봤다더라. 들어갈까 하다가 너 뒷모습 보고는

안 들어가고 그냥 갔대. 유학하고 결국 하고 싶은 거 하고 사는구나. 뭐

각자의 자리에서 잘사는 모습 보니까 보기 좋다더라. 별 뜻 없이 그냥 그

때 미안했다고 정민이랑 이야기하는데 말 하더래.

걔 그래도 정민이랑은 계속 연락하고 지내는 것 같더라.

이왕 가게 본 거 초콜릿이라도 하나 사주지. 나쁜 놈이야. 그거."

"초콜릿은 무슨, 그 사람 초콜릿 안 좋아했을 걸…. 아마."

"그래 그래, 뭐, 미련 같은 거 없지? 다른 동기들은 간다더라. 나는 안 가

려고. 청첩장도 안 받았고. 뭐. 너랑 친해서 안 줬나? 할튼. 전 남자친구에

대한 뒤늦은 감성이든 아련이든 나중에 보면 들어줄게. 나 끊어야 돼. 남

편이 맛있는 거 해준대. 끊어~

오늘 메리 크리스마스! 사랑해!"

가장 친한 친구에게 전화를 걸었다. 전 남자친구의 결혼소식에 괜히 기분이 요상하기도 했다. 아련은 무슨. 결국 좋은 짝 만나 결혼을 하는구나. 나는 멀리에 있어서 헤어졌는데 결혼할 사람은 동네사람인가. 그래도 사귀기 전에는 혼자서 많이 좋아했는데, 사귀고 나서 한창 싸울 때는 '왜 이 사람을 그렇게나 좋아했지? 왜 사귀었지?'라는 생각도 수십 번 했다.

그래도 5년이라는 시간은 후회되지 않을 만큼 많이 성장했고, 그 나이에 내가 할 수 있는 충분한 사랑을 주었고 그만큼 받았던 시간이었다. 첫사랑을 잊어갈 쯤 만난 그 사람이었다. 짝사랑도 그, 경력직이 되나 보다. 첫 번째 짝사랑은 그 사람 보고 싶어서 전전긍긍했다면 두 번째는 아니었다. 기필코 이 짝사랑을 끝내고자 다짐한 채 고백으로 끝내리라 마음먹으며 좋아했다. 그래서 짝사랑의 기간도 짧았다. 한 6개월쯤. 나의 고백을 들은 그는 생각해본다는 말로 답변을 대신했고, 2주 뒤 그의 사귀자는 답변에 내 짝사랑을 끝낼 수 있었다. 문득 재현이가 언젠가 했던 말이 떠올랐다.

"사장님은 여기서 지나간 사랑을 마주치게 된다면 어떨 것 같아요?"

내가 한 대답은, "그냥 가게를 지나간 김에 더 지나쳤으면 좋겠다."였다. 과거는 과거로, 그때의 내가 만난 사람을 지금의 내가 만나 추억할 거리도, 시시비비를 따지는 것도 없이 그대로 놔두고 싶었다. 나는 짝사랑을 성공해 그 사람과 연인 사이가 된 것만으로도, 그것만으로도 족했으니까. 그와 함께하는 결말을 꼭 행복으로 지정해놓지는 않았다.

그래서 가게로 안 들어오고 그냥 지나친 그에게 멀리서나마 감사를 표했다. 한참을 과거에 침잠해있다 과거의 사람을 묻어두고 내 생각을 현재로 끌고 온 나는 골똘히 생각했다. 내가 혼자였던 그동안 친구는 남편도 만들고 아이도 만들고 화목한 가족을 만들었다. 친구가 행복한 건 좋은데 내 옆에 아무도 없다는 건 왜인지 쓸쓸하다는 생각이 컸다. 크리스마스라는 시즌이 주는 감정이라고 스스로에게 한 말로 공허함을 얼버무렸다.

메리 크리스마스

뒹굴뒹굴 휴대전화, 텔레비전 그리고 노트북을 번갈아가면서 시간을 때우다 모르는 번호로 문자가 왔다. 누구냐고 물어보려는 찰나~

아, 나 선민웅. 저번에 명함 준 걸로 문자해.

하마터면 들고 있던 휴대전화를 떨어뜨릴 뻔했다. 떨리는
마음을 가라앉히고 문자를 보냈다.

오빠도 메리 크리스마스예요. 오늘 잘 보내요!

응! 고마워.

그 뒤론 문자가 없었다. 어떻게 보낼 거냐고 물어볼 걸, 그
저 안부인사로만 끝낸 첫 문자였다. 그래, 그냥 이 정도인 것에
감사하자. 조금은 발전한 거라고 생각하자.

그렇게 간 떨어질 뻔한 크리스마스와 새해인 1월 1일을 보
내고 나서 초콜릿 상점 문을 열었다.

"오랜만이야, 재현아. 새해 복 많이 많아!"

"사장님도 새해 복 많이 받으세요."

오랜만에 본 재현과 인사를 나누고 손님 맞을 준비에 여념
이 없었다.

"할아버지, 나 초콜릿 얼마큼 사줄 거야?"

"우리 손주 원하는 만큼!"

"그럼 나 먹고 싶은 거 다 산다!"

상점 밖으로는 어린아이의 신나는 목소리와 아이의 할아버

지로 보이는 노신사가 걸어오고 있었다.

"아니, 증손주가 새해 됐다고 우리 집에 놀러왔는데, 초콜릿 먹고 싶다고 해서, 지나가다가 왔어요. 가게가 아주 예쁘네요."

깔끔하게 떨어진 코트 안으로 까만 정장차림과 대비되는 새하얀 머리를 지닌 게 매력적인 중후한 할아버지였다.

"네, 감사해요, 손님. 새해 복 많이 받으세요."

"네, 새해 복 많이 받으세요. 너도 인사해야지, 이놈아."

"모두들 새해 복 많이 받으세요."

장난이 얼굴에 덕지덕지 묻은 유치원생쯤 돼 보이는 아이가 할아버지의 재촉에 가게를 벌써 이리저리 돌아다니다 고개를 크게 기울이고는 인사를 했다. 우리는 모두 "고마워요, 새해 복 많이 받으세요."라고 화답했다.

"종호야, 어떤 초콜릿 먹고 싶어?"

아이의 이름을 종호라 칭하는 할아버지는 초콜릿을 보며 신이 나 방방 뛰는 아이에게 물었다.

"나 이거부터 저거까지 다 먹을래!"

"이게 다 무슨 무슨 맛인지는 알아?"

할아버지 손님은 투명한 유리막 안에 진열된 초콜릿을 가리키며 아이 손님에게 물었다.

"응! 알아! 초콜릿 맛, 달콤한 맛, 맛있는 맛, 검은 맛, 갈색

맛, 가루 맛!"

아이의 단순하지만 창의적인 답변에 우리는 모두 웃었다.

"아몬드 들어간 거, 이거 하나랑, 또 뭐가 좋을까… 과일 들어간 거, 이것도 주고 캐러멜 초콜릿 그리고 어, 이게 좋겠네. 오늘의 초콜릿 선물상자도 하나 줘요."

할아버지 손님은 진열된 초콜릿을 이리저리 훑어보며 온화한 미소와 함께 이것 저것 고르시고는 어린손님에게도 물었다.

"손자, 빨리 안 고르면 이 할아비가 다 먹을 거다? 먹고 싶은 거 하나 골라."

"음, 난 그럼 큰 초콜릿 바 저거 먹을래!"

새해의 큰 손님인 듯 종류 별로 이것저것 다 사시는 할아버지였다.

"와, 초콜릿 이렇게나 많이 사주는 할아버지 있어서 좋겠네~"

"엄마한테는 비밀이에요! 이 썩는다고 안 좋아해요. 그리고 할아버지가 할머니한테도 줄 거라고 사가는 거란 말이에요! 내가 다 먹는 거 아니에요!"

종호는 억울한 듯이 말하며 초콜릿 먹을 생각에 신이나 말했다.

"와, 사모님께서 초콜릿을 좋아하시나 봐요."

"허허, 무척이나 좋아하지, 그럼."

할아버지는 신이 난 듯 즐거워하시는 모습에 "와, 정말 멋있으세요."라고 말하는 사이 할아버지의 전화기에서 전화가 울렸다.

"어, 아 그래? 그럼 조금 있다가 와라. 여기서 기다리고 있을게. 그래, 그럼. 어~"

"손주, 우리 여기 조금 있다 갈까? 네 엄마 아빠가 일 있어서 조금 늦게 온대. 우리 할머니 만나기 전까지 조금 기다리자, 응?"

"응, 좋아! 그럼 나 우유 먹으면서 기다릴래!"

"어휴, 자식들이 조금 늦는 다네요. 여기서 조금 기다려도 되나요?"

"아, 네. 그럼요. 그럼 우유 준비해 드릴까요?"

나는 손자가 마시고 싶다했던 음료를 듣고는 먼저 물었다.

"네, 아주 좋아요. 감사해요."

할아버지는 따뜻한 우유가 준비될 동안 가게를 찬찬히 둘러보다 짝사랑 게시판에 시선을 머물렀다.

"짝사랑…, 이거 늙은 나도 상담 받아도 되는 건가?"

혼잣말을 하시는 할아버지의 소리를 듣고는 잽싸게 할아버지에게 말했다.

"어? 네. 그럼요! 너무 좋죠!"

209

어느새 할아버지의 증손자는 그간 많이 쌓인 눈에 눈사람을 만들겠다며 나갔고, 할아버지는 추우니 금방 돌아오라며 가게 밖에서 아이의 외투를 단단히 해주고는 돌아왔다.

노년의 짝사랑을 듣는 건 처음이었다. 어색하면서도 설레고 들뜬 마음에 문 앞에 계신 할아버지 손님을 바로 상담소로 안내했다.

"오늘 정말 멋지세요. 손님."

나는 멀끔하게 차려 입은 노신사의 모습에 칭찬을 건넸다.

"허허, 고마워요. 이거 참, 쑥스럽네."

"그런데 이렇게 첫사랑 이야기해도 돼요? 할머니한테 혼나는 거 아니에요?"

"허허, 괜찮아요. 괜찮아. 용서해줄 거예요. 아마. 하, 첫사랑이라… 한 75년 됐나."

"아, 그럼 할아버지 연세가 한, 75세쯤 되시는 건가?"

"허허, 말씀도 곱게 하시네. 고마워요. 제가 올해 88살이나 되었다오. 많이 늙었죠?"

"네? 정말요? 어휴, 아니요. 너무 정정하신데요?"

나의 말에 호탕하게 웃음소리를 내시곤 이제 이야기를 꺼내볼까~ 하는 마음으로 그 긴 세월을 흐릿해진 눈으로 생각하며 훑다 이내 옳거니 여기구나 하는 눈빛으로 할아버지의 짝사랑

이야기가 시작되었다.

"제가 이래 뵈도 촌놈이라 양가 부모님이 하라는 결혼에 부랴부랴 살림을 차렸어요. 그래도 처음부터 미경 씨를 사랑한 건 아니었어요…. 내 첫사랑이에요. 우리 반려자. 권.미.경."

아, 평생을 함께 살아온 배우자가 그의 청춘에 만난 첫 사랑이었다.

"그저 남들 다 하는 결혼이니, 그냥 했죠. 처음엔 그냥 '곱다.'라는 생각만 했어요. 그러다가 살림도 잘하네. 시간이 갈수록 그냥 다 예뻐 보이더라고요. 허허, 요즘은 내 손을 잡아주는 주름진 그 손도 얼마나 고운지. 젊은 사람은 모를 거예요. 그 옛날 젊었던 시절도 곱지만, 함께 늙는 지금도 여전히 예뻐요."

예나 지금이나 예쁘다며 여전히 할머니 얼굴을 떠올리곤 주름진 미소를 환히 지어보이는 손님이셨다.

"그렇게, 반하신 거예요?"

"음, 요즘 말로 그렇게 표현하나? 허허, 그냥 뭐 반했다기보단 그 사람 곁에 내가 영원히 머물게 된 거죠. 아, 좋아하게 된 계기는 따로 있네요."

할아버지는 할머니를 생각하고는 부끄러우면서도 자랑스러운 듯 이야기를 꺼내셨다.

"와, 어떤 거요?"

"어느 날은 대문 밖으로 미경 씨가 헐레벌떡 뛰어왔어요. 옆집에서 찬거리를 조금 주었다면서. 그녀 뒤로 비친 햇빛 때문이었는지 나는 눈을 찡그렸었죠. 아니더라고요. 미경 씨가 내세상에 귀하게 다가온 빛이었어요. 글쎄."

"나는 그 찡그린 작은 눈동자 속으로 그 큰 미경 씨를 담았어요."

그날 알아차렸다. 당신이 좋은 사람과 남편 그리고 아빠가 되고 싶은 이유를 발견한 하루였다는 것을 말이다. 그 시절을 떠올리며 젊은 그와 그의 아내가 있었던 집 앞마당을 그리는 듯 그는 희미한 미소를 띠었다.

"근데 사모님을 계속 미경 씨, 미경 씨. 하시네요? 정말 다정다감하세요."

"허허, 이걸로 부모님한테도 옛날에 엄청 혼났어요. 아이고, 이런. 젊은 사람 앞에서 이런 이야기해도 되나. 그래도 꿋꿋이 아내 이름을 불러줬어요. 내가 아니면 누가 불러주겠어요. 맨날, 진석 엄마, 충기댁, 며늘아가 뭐 이렇게 부르는데요…."

노년이 아내를 부르는 호칭에 담긴 배려에 나는 감탄하며 오랜 사랑 이야기에 감동하기도 했다.

"와, 할머니께서도 정말 좋아하시겠어요. 남편분의 사랑을 이렇게 받아서. 이렇게 멋지게 차려 입고 만나시는 것도 정말 좋아하시겠어요."

"나는요. 여전히 우리 미경 씨한테 제일 예뻐 보이고 싶어요. 오늘 일을 까먹으면 그 사람한테는 지금 모습이 마지막이잖아요. 제일 멋있는 모습으로 기억되고 싶어요. 그래서 매일 이렇게 차려 입고 우리 미경 씨 만나러가요."

까먹으면…? 나는 그저 어르신이기에 종종 까먹는 걸 이야기하시나보다 하고 대수롭지 않게 여겼다.

"그럼 자녀분이 몇 명이세요?"

"딸 넷에 아들 둘. 다 시집 장가보내고 손주, 손자 보고 우리 종호 같은 증손자도 여럿 되고. 이만하면 성공한 인생이려나…?"

"처음엔 많이 힘들었어요, 사랑 없이 한 엉터리 결혼이었으니, 뭐, 신랑도 제대로 된 놈일 리가 있나, 순 엉터리 남편이었지. 뭐."

할아버지는 지나간 세월을 조금은 원망하기도, 할머니에게 더 잘해주지 못한 젊었던 자신을 후회하기도 하며, 테이블 위에 장식으로 놓인 카카오열매를 보고 말했다.

"이 단단한 카카오 껍질 안의 하얀 게 달콤한 초콜릿이 될 줄 누가 알았겠어요."

"어? 초콜릿이 여기서 만들어졌는지 어떻게 아셨어요?"

"아유, 뭘, 그냥 아는 거지, 뭐. 내가 '기브 미 쪼꼴렛'할 때부터 이 초콜릿을 좋아했어요."

젠틀한 신사의 모습답게 유머 넘치는 할아버지의 웃음 속엔 아직도 소년미가 가득했다.

울퉁불퉁 그저 나무에서 자라는 열매가 이렇게 사람의 손을 거쳐서 누구나 좋아하는 초콜릿이 되었다. 아무에게도 발견되지 않고, 아무도 그 열매를 변화시키려고 노력을 기울이지 않았다면 무용지물이었을 열매는 결국 달콤한 맛이 되어 할아버지의 씁쓸했던 청춘을 달래주었다.

"인생도 그런 것 같아요. 열심히 살았어요. 그 촌동네에서 이 도시로 올라오기까지. 우리 미경 씨가 많이 고생했지, 부족한 살림에 뒷바라지 하느라. 맛이 없던 열매가 맛있는 초콜릿으로 만들어지기까지 얼마나 많은 힘이 들었겠어요. 사랑도 나한텐 그랬어요. 별 볼일 없는 내가 우리 아내를 만나서 이렇게 사람이 되고 어른이 되었어요. 그리고 이젠 다 늙은 영감탱이가 되었네요, 그래."

그가 스물한 살 그리고 미경 씨가 열아홉 살이 되던 해에 만나 어려웠던 시대에 조금은 고된 젊음을 거치고 인내하며 그렇게 껍질을 까듯 그제야 조금씩 빛을 발하는 듯 했다.

"한, 내가 쉰쯤 됐나, 암에 걸렸었어요. 그래도 세상에 불만하나 안 했어요. 그저 그때 생각했지. 아, 이 아픈 거 차라리 내가 겪어서 다행이다. 이 괴로운 일 우리 미경 씨가 안 겪어서 얼마나 감사했던지. 아픔보다 감사가 더 먼저였어요."

"지금은… 다 나으신 거예요?"

"어휴, 보다시피 내가 우리 노인정에서 제일 튼튼해요."

할아버지는 자신의 건강을 증명이라도 해 보이는 양 어깨를 으쓱였다. 다행이라고 생각했다.

"넉넉한 곳에 갔으면, 괜찮았을까 싶고. 과거 일이 힘들었나, 뭐가 그리 잊고 싶어서 나도 그렇게 잊고… 여태껏 고생시킨 게 지금까지 제일 미안해요. 시집살이 다 시키고, 암 걸린 남편 병간호하고, 고생했지, 뭐. 이제 좀 살만해지나 싶었는데 지금은 본인이 아프니, 내 마음이 속상하죠. 나 때문인가 싶고."

"아, 어디가 많이 아프세요?"

나는 조심스레 물었다.

"치매라 그러대요. 의사가."

"아….."

그 까먹었다는 건, 치매였다. 나이가 먹어 천천히 자주 까먹는 그런 게 아니라, 병으로써 명명되어지는 치매였다.

"늙는 건 죽기보다 싫었는데. 우리 미경 씨랑 오붓하게 살 미래가 기대되었어요. 어서 빨리 애들 시집 장가 다 보내고, 우리 둘이 오순도순 사랑하며 백년해로 살아야지. 그런 사소한

215

행복 오래오래 유지하며 늙어가야지 하고 기다렸어요. 근데 이젠 뭐, 그럴 수 있나. 내가 돌볼 수 있을 때까지만 그렇게 내가 미경 씨보다 1분만 더 오래 살고 싶어요, 딱 1분만."

"…많이, 진행되신 거예요?"

"날 잊었어요. 내 첫사랑이 나를 까먹어버렸어요. 분명 날 좋아했는데, 당신 없으면 안 된다고 했는데, 이제는 내가 누군지도 모른대요. 내 이름을 부르면서 '동식 씨 오기로 했는데, 할아버지 이만 가세요.'라고 해요. 내 이름이 동식인데…"

"난 싫어? 내가 동식 씬데?

"싫어. 안 좋아."

"미경 씨 말 한 마디 한 마디가 나의 몸 구석구석 마디마디를 아프게 찔러요. 분명 얼굴은 예전의 예쁜 그 미경 씨인데, 더 어려졌어요, 지금의 나를 모르는, 내 젊은 모습만 기억하는 그 시절로."

"너와 짧게 젊고 오래 늙고 싶어."

"젊을 땐 미경 씨한테 이렇게 말하기도 했어요. 오래 늙고 싶다는 말 앞에 '건강하게'를 안 붙여서 그런가, 젊음은 짧았는 데 이쪽저쪽 성한 곳 없이 아픈 채 오래 늙어가기만 하네요…"

청춘의 아픔은 그렇게 청춘으로 끝날 줄 알았건만, 노년의 아픔이 따로 있는 줄 모르고 그저 자신의 아내와 함께 오래 늙어갈 생각에 행복해만 했다. 그런 현실에 암담하지만 할머니를 온 정신으로 볼 수 있는 당신의 몸뚱어리와 마음뚱어리에 그저 감사하다고 했다.

"내가 힘이 없어서 최근엔 미경 씨를 요양원에 맡겼어요. 그래도 옛날에는 내가 직접 목욕해주고, 밥 먹이고 다 했는데, 요즘은 나도 힘이 없어 못하겠더라고요."

한참을 길게 한숨을 쉬고 문자가 왔는지 진동이 울리는 휴대전화를 보고는 말했다.

"세상 참 많이 좋아졌어요. 우리 젊을 땐 이런 휴대전화로 누군가와 통화하는 거, 생각도 못했는데 말이야. 글쎄…."

"세상이 이렇게나 좋아졌는데도 우리 미경 씨 고쳐줄 사람은 아무도 없어요. 미경 씨가 날 알아 볼 방법은 전혀 없어요."

세상이 좋아졌어도 당신은 날 좋아해주지 않는다. 당신은 내가 여전히 좋아지지 않았다.

할아버지는 자신의 첫사랑과 사랑을 했다. 사랑했던 대상이 당신을 잊어버린 지금은 사랑했던 사람을 짝사랑을 하고 있다.

옛날에 사랑했던 그 사람을 잃어버렸지만, 그마저도 그 사람이니 그래도 좋다고 했다. 당신이 사랑하니 됐다고, 그것만으로도 괜찮다고 했다.

"…할머니한테 기억이 돌아오면 하고 싶은 말씀 있으세요?"

"그저 기억이 돌아온다면 살아줘서 고맙다고, 내 옆에 있어줘서 고맙다고 그렇게 말하고 싶지. 미경 씨 남편으로서."

저 멀리 희미하게 보이는 밝은 하늘의 달을 바라보며 말을 했다.

"저 먼 달도 가까이 보이는데 나중에 우리 미경 씨 저 멀리 가서 하나도 안보이게 되면 어쩌나?"

저 먼 달을 보고 젊은 시절의 동글한 얼굴형이 매력적이었던 할머니를 떠올리다 환히 웃으시고는 곧 맞닥뜨리게 될 당신의 미래를 생각하자, 할아버지는 자신에게 묻는 말인 듯 물었다. 아무 말이건 할 수 없었다. 그저 긴 침묵으로 그를 위로하다 할머니를 떠올리는 양 엷은 미소를 띠는 할아버지를 보고 물었다.

"할머니가 아직도 예뻐요?"

"아유, 그럼! 내가 아는 여자 중에 제일 예뻐요."

할아버지는 내가 봤던 가장 환한 웃음을 지으며 할머니만 생각해도 행복한 것처럼 오래 그리고 크게 웃음을 그리셨다.

그의 젊음은 죽었어도 젊었던 사랑은 아직 죽지 않고 살아갈 생명의 끈 마냥 그를 살아가게 했다. 아, 이게 사랑인가 싶었다. 초콜릿을 탄생시키는 근원인 카카오나무는 큰 나무의 그늘 아래서 자라야만 한다. 성장에 영향을 끼치는 수분을 보존할 수 있도록 자연에서 얻어지는 햇빛과 바람으로부터 피해야 해서이다. 아마 할머니에게 있어 할아버지는 큰 나무로서 존재해 생명력을 유지하게 했으며, 그렇게 서로를 지탱하고 품어주고 있음에 틀림없었다.

할아버지의 이야기가 끝날 때쯤 밖에서 혼자 놀던 손자가 눈사람을 다 만들었다며 가게 안으로 들어왔다.

"아이고, 벌써 저만큼이나 만들었어? 역시 우리 증손주네!"

"할아버지 이제 빨리 할머니 만나러 가자. 나 추워!"

"응, 그래. 엄마 아빠도 지금 막 앞이래."

할아버지는 방금 울린 휴대전화 진동의 발신자와 문자 내용을 확인하고는 밖에서 추웠을 손주의 손에 묻어 있는 추위를 호~ 하고 입김으로 몰아내며 나에게 감사인사를 전했다.

"이런 별 볼일 없는 영감탱이 사랑이야기 들어줘서 고마워요. 우리 미경 씨한테 자랑해야겠어요."

"으하, 아니에요, 제가 더 감사해요. 저한테 할아버지 사랑이야기 들려주셨으니까 이건 선물로 드릴게요. 공짜!"

이런 걸 받아도 되냐며 고마워하시곤 얼른 손주에게 다시 주며 감사하다고 인사해야지라며 말했다.

　"감사합니다! 우와 여기 무슨 쪽지가 있어!"

　내가 준 할로우 초콜릿을 받자마자 인사를 하는 둥 마는 둥 얼른 포장을 까 초콜릿을 톡 소리 나게 먹으며 말했다.

　"맛있게 먹어요! 할로우 초콜릿이에요. 새해 복 많이 받으라고 초콜릿 안에 포춘 쿠키처럼 글귀가 담긴 쪽지를 넣었어요. 그거 보시고 할아버지랑 증손자분 모두 행복한 하루 되셨으면 좋겠어요!"

　"아이구, 너무 고마워요. 남은 오늘 하루는 안 봐도 행복할 것 같네요."라고 감사인사를 마치자 때 마침 마중 나온 증손자의 엄마, 아빠와 함께 새해 복을 다시 전하시고는 상점을 떠났다. 할아버지는 문 밖을 나서자마자 종호에게서 넘겨받은 초콜릿 속 쪽지를 보곤 잔잔한 미소를 띠며 증손자의 손을 꼭 잡고 가족과 함께 골목길을 빠져나갔다.

초콜릿은 인지 능력을 향상시킨다.

그의 사랑이 당신이라는 걸 인지했던 건 아마,

당신으로부터 달콤한 무언가를 느껴서 그랬는지도 모르겠다.

결국 젊을 때의 첫사랑은 꼬부랑 할머니 할아버지가 된다.

그러나 당신을 첫사랑해주는 그 사람은 언제나

그 시절의 아름답고 멋진 그 모습으로 당신을 기억해줄 유일한 사람이다.

 상대방이 늙어도 그 첫사랑만큼은 영원히 젊고 아름다울 테니까.

가나슈 초콜릿

Sarang de Chocolate

새해 복 많이 받아요.

할아버지 손님이 떠나고 어느덧 해가 뉘엿뉘엿 지고 달이
차오르고 있었다. 조금 늦었나 싶었지만 나도 모르게 그가 생
각이 나 문자 하나를 남겼다.

응. 너도 올해도 복 많이 받아. 잘 지내지?

그에게 온 물음표였다.

네. 초콜릿 먹으러 또 와요.

응. 곧 갈게.

더는 묻지 않았다. 그렇게 우리는 연말연초 기념일에 인사를 주고받을 수 있는 사장과 손님보다는 친근한, 딱 그 정도의 사이가 되었다.

상점을 정리하고 집으로 돌아와 창가에 널려 있는 찬 공기를 몰아내고 군밤의 온기로 겨울의 따스함을 빌려 오늘 하루를 마무리했다. 창 문 밖 달은 여전히도 두둥실 떠오르고 있었다.

어느새 달력 한 장을 넘겨 그런대로 겨울에 익숙해지고 새로운 해에 익숙해질 때쯤이었다. 귀엽고 작은 꼬마 남자 손님이 찾아왔다. 침울한 표정을 짓고 있는 아이의 옆에 있는 엄마로 보이는 여성분은 그 아이를 달래느라 정신이 없었다.

"여기서 초콜릿 사서 내일 주면 되잖아. 응? 우리 정훈이가 왜 이럴까? 엄마 말 안 들으면 애긴데?"

칭얼칭얼 애기처럼 굴던 아이가 엄마의 말 한 마디에 옷매무새를 가다듬고 똑바로 말했다.

"엄마. 나 애기 아니지? 지연이한테 이르면 안 돼, 알았지?"

"응. 알았어, 알았어, 우리 애기, 아니 우리 정훈이 예쁘다."

꼬마 손님은 어느새 신이 난 듯 흥얼흥얼 거렸다.

"손님. 왜 이렇게 기분이 안 좋았어요?"

"지연이가 나 안 좋아한대요, 나보다 아주 쪼끔 키 큰 개나리반 진우를 좋아한대요."

아이는 곧 울듯이 울먹울먹거리며 쪼끔이라는 말에 손동작으로 자신이 할 수 있는 가장 조그마한 크기를 만들며 말했다.

"아이구. 또 운다. 우리 정훈이. 뚝! 지연이 초콜릿 사러 왔는데 또 울면 안 되지."

아이는 엄마의 말에 닭똥 같은 눈물을 참느라 여념이 없었다.

"일곱 살의 첫사랑이 이렇게 힘들 줄 누가 알았겠어요, 자기 병원 좀 데려가 달라고 하더라고요. 그 말은 어디서 배웠는지, 상사병이래요. 상사병."

한창 사랑앓이에 힘들어 하는 꼬마 손님이 너무 귀여워 활짝 웃었다.

"상사병엔 초콜릿만 한 게 없지. 정훈이… 맞죠? 정훈아, 잘 찾아왔어. 정훈인 지연이 어디가 그렇게 좋았어요?"

엄마에게 아이의 이름이 정훈이가 맞냐며 눈으로 묻고는 일곱 살의 애처로운 짝사랑 이야기를 물어 보았다.

"예뻐요. 나랑 같은 반에 맨날 자기 먹을 거 나한테 줘요. 지연이 진짜 착하죠?"

정훈이는 지연이가 자랑스러운 양 당당하게 이야기했다. 그런 모습을 보는 어른들은 정훈이가 너무 귀여워 어쩔 줄 몰라 했다.

"나 생일잔치할 때 지연이랑 뽀뽀도 했는데, 예쁘죠?"

주머니에서 꼬깃꼬깃 무언가를 꺼내더니 유치원 생일잔치 때 지연이 볼에 자신이 뽀뽀한 사진을 보여주었다.

"정말 예쁘네~ 근데 정훈아. 고백은 했어?"

"야. 이지연 나랑 사귀자."

"싫어. 나 너 안 좋아."

"왜? 나 잘생겼잖아."

"진우는 맨날 장난감도 양보하고 저번에 빼빼로데이날 과자도 줬는데 넌 안 줬잖아."

"내가 저번에 사탕 한 번 줬잖아~"

"멍청이. 진우는 세 번이나 줬거든? 그리고 진우는 나한테 좋아한다고도 했어!"

"했어요! 근데 지연이가 과자 안 준다고 고백 안 받아줬어요. 그래서 이번 밸런타인 데이날 초콜릿 주고 고백 또 할 거예요!"

"진짜? 지연이는 어떤 초콜릿 좋아하나. 흠… 가나슈 초콜릿 줄까?"

아이들의 유치하면서도 진지한 사랑 이야기에 나는 웃음을 짓다가도 이내 진정하며 꼬마손님에게 가나슈를 건넸다. 과연 지연이가 과자를 안 줘서 안 사귄다고 했을까. 어떻게 보면 어려도 마음은 다 있다. 라이벌인 진우는 좋아한다고 했는데, 정훈이는 좋아한다고 말하기 전에 사귀자고 했다. 왠지 같은 여자라 그런가. 지연이의 마음에 공감을 하며 나는 진열장 앞에 놓인 병 속의 포장된 초콜릿을 꺼내주며 말했다.

"우와, 가나슈가 뭐예요?"

"가나슈가 프랑스어로 바보란 뜻이래요. 옛날에 과자공장에서 일하는 한 사람이 초콜릿에 실수로 끓는 우유를 넣었대요. 그래서 사람들이 멍청이라고 놀렸는데, 알고 보니 그렇게 먹는 초콜릿이 입에서 살살 녹을 만큼 너무 부드럽고 맛있었대요."

"우와, 정말 맛있네요. 이름이랑 다르게 정말 괜찮은 맛이에요."

정훈이의 엄마도 초콜릿을 받아 한입에 넣고는 말했다.

"우리 지연이가 정훈이 싫다고 했지만, 정훈이 마음도 이렇게 부드럽고 사랑스러운 거 알죠? 그니까 포기하지 말고 또 도전해봐 정훈아. 알았지?"

"첫사랑은 둘 중 하나예요. 내 옆에 있느냐, 내 마음 한 구석에 아련한 추억으로 남아 있느냐."

그 아이가 이해를 할 수 있을는지, 그런 건 중요하지 않았다. 때가 되면, 내 이야기를 떠올린다면 아마 알게 되겠지. 그래서 인생에 한 번 쯤은 용기 내 보겠지. 그렇게 생각했다. 아이는 듣는 둥 마는 둥 초콜릿이 맛있다며 어서 지연이에게 가져다 줘야지 하고 신이 난 채로 초콜릿을 왕창 사자며 엄마를 재촉했다.

서툴러서, 사랑이 처음이라서, 순수해서, 그리고 또 진지해서 귀여웠던 사랑앓이를 하는 꼬마 손님이 들어올 때완 다르게 발을 신이 나게 콩콩거리며 초콜릿 가방을 본인 손에 쥔 채 그렇게 상점을 떠났다.

사람은 보이는 만큼 자란다.

그래서 널 보면 사랑이 자란다.

#6. 사랑이 그러하다면

Sarang de Chocolate

루비 초콜릿

한창 정신없이 바쁜 밸런타인데이 당일의 초콜릿 가게였다. 인적 드문 이곳이어도 날이 날인지라 그런대로 밸런타인데이엔 어김없이 바빴다. 상점 문을 닫을 시간이 되자 룰루랄라 어린애가 된 것마냥 들뜨고 설렜다.

오늘 시간 괜찮아? 카페에서 볼래?

민웅 오빠였다. 그에게서 온 오랜만의 문자였다. 아침에 이 문자를 받자마자 나는 바로 답장을 보냈다.

네!

정신없던 하루가 말해주는 머리와 옷매무새를 단정히 하고 오랜만에 보는 그를 만나러 약속 장소인 카페로 향했다. 뜬금 없는 그의 문자에 당황했지만 처음으로 밖에서 그를 본다는 사실에 짐짓 웃음이 나도 모르게 새어 나왔다. 그래서 오늘의 바쁜 그 하루를 이 시간을 위해서 버텨냈다. 나는 미리 상점에 서 빼온 초콜릿을 가방에 넣어두고선 카페에 도착했다.

오랜만에 본 그 사람의 왠지 모를 들뜬 모습은 마치 전에 본 귀여운 꼬마 손님을 보는 듯했다.

"뭐 마실래?"

"저, 밀크티요."

내 말이 끝나자 그가 주문을 하고선 김이 모락모락 나는 밀 크티와 아메리카노를 가지고 왔다.

"그동안 바빴어요?"

"왜 안 왔어요. 기다렸는데."라고 말하고 싶은 걸 부득부득 우회해 말했다.

"회사에서 리프레시 휴가 받은 김에 나도 재충전하고 싶어서, 해외 나갔다가 왔어."

"아, 그랬구나…."

왜 말 안 했느냐고 묻고 싶었다. 그럼에도 내가 그 질문을 물어볼 자격은 없었다.

나는 나지막이 들릴 듯 말듯 구시렁거리며 말했다.

"우리 집에 있는 초콜릿 다 먹을 때까지 자주 온다 그랬으면서…."

"왜? 그 동안 첫사랑 오빠가 보고 싶었어?"

음흉한 눈빛을 하고선 설레는 말을 아무렇지 않게도 웃으며 했다. 짜증나게. 내심 좋으면서 설레는 마음을 진정시키고는 말했다.

"장난치지 말아요."

그는 문득 생각난 듯 이야기했다.

"생각도 좀 하고… 그러느라 조금 늦었던 것 같아. 그래도 네가 새해 문자 보내줘서 고마웠어. 내가 있던 곳은 한국보다 하루 늦은 곳이었거든. 네가 딱 맞춰서 문자해줬어."

내심 때늦은 새해 인사여서 안 그래도 신경 쓰였는데 '그랬구나~' 하며 뿌듯해하는 내 얼굴 위로 그는 큰 초콜릿 상자를 건넸다. 유학을 끝내고 갔던 유럽여행에서 발견했던 내가 좋아하는 이탈리아 초콜릿 가게 이름이 쓰여 있었다.

"초콜릿 먹을래?"

뜬금없는 그의 선물에 내심 기분 좋으면서 퉁명스럽게 물어
봤다.

"뭐예요? 해외여행 기념품? 고마워요. 근데 우리 집에 초콜
릿 많은데?"

"내가 준 건 없잖아."

또, 또 또 그런다. 정말 오늘 왜 저러나 몰라. 작정을 했나.
아, 저래서 인기가 많았나 싶었다.

"오늘 밸런타인데이인 건 알아요?"

"아, 그랬나."

일부러 그런 건지 아니면 정말 몰랐던 건지 무심하게 초콜
릿을 주는 표정에는 어색함이 서려 있었다.

"생각해보니 우린 특별한 날에 연락을 주고받았네. 크리스
마스, 설날, 그리고 오늘."

'정말 그러네.'라는 생각과 함께 특별한 날 내게 있어 특별한
사람과 주고받은 교류에 얼굴이 발그레해지려는 찰나가 부끄
러워 어서 말을 꺼냈다.

"루비 초콜릿이네. 고마워요."

"아, 그게 이름이 루비였구나. 예쁘지, 색깔? 좋아할 것 같아

서 샀어. 그냥, 네가 그때 준 초콜릿이 맛있었기도 했고, 고마워서."

"아, 저번에요?"

"아니. 그 예전에. 중학교 때 받은 초콜릿."

그 사람의 꾸물대듯 말하는 표정엔 미안함은 물론 뿌듯함까지 서려 있었다. 몇 십 년이 지나서 받는 답례란 어이없기는커녕 덤으로 딸려오는 설렘과 함께 부끄럽기 그지없었다.

10년이 지났어도 그 당시의 감정은 내게 엊그제 같았으니까. 그간 차곡차곡 마음 한 켠에 살포시 나열해둔 감정들이 여기저기 사방으로 어지럽혀져 감당할 수 없을 정도로 물밀듯이 차고 넘친 채였다. 달고 짜고, 시고, 또 때로는 쓴맛이 올라오고 간혹 맵싸하기까지 한 다양한 초콜릿의 맛매처럼 나는 그 앞에서 아련함은 물론 그리움과 애정, 미움 또한 고마움 그리고 사랑이라는 감정까지 느껴지는 듯했다. 애써 몇몇 가지의 그 감정들을 부끄러운 마음에 감추고자 다른 이야깃거리 뭐 없나 하며 괜히 딴청을 피우다 물어보았다.

"밸런타인데이가 왜 생겨난 줄 알아요?"

"무슨 성인 이름 아니야? 그래서 그 사람과 관련된 거라고 들었는데, 아닌가?"

"맞아요. 로마 황제가 젊은 청년들을 군대로 동원하려고 결혼금지령을 내렸대요. 근데 그때 사제인 밸런타인이라는 분이 사랑을 하는 젊은이들을 결혼시켰다는 이유로 순교를 당했대요. 그래서 마지막엔 'Love from Valentine'이라는 편지를 남기고 돌아가셨는데 그때부터 오늘날에 이른 거라고 하더라고요. 사랑의 메시지를 전하는 풍습이."

나는 괜히 떠보듯 줄줄이 밸런타인데이의 역사를 읊었다. 나에겐 그 어떤 날보다 특별한, 왜 하필 오늘이고, 왜 하필 초콜릿이고, 왜 하필 너냐고 묻고 싶었지만, 그 모든 말들이 목까지 차오르려 하는 걸 간신히 막기 위해 괜한 헛기침을 큼큼댄 후 어색한 듯 가방에서 그 사람에게 주려고 넣어온 초콜릿 상자를 꺼내며 말했다.

"근데 한국은 원래 여자가 주는 날 아닌가…?"

나도 무심한 듯 툭, 그 사람에게 주었다.

"뭐야. 오늘 날이라고 주는 거야?"

"그냥, 남은 거예요."

남은 거긴 무슨, 상점에서 제일 처음 나온 초콜릿을 먼저 포장해서 바로 내 가방에다가 쏙 넣어놨었다. 오빠 주려고.

"우와, 맛있겠다. 너네 상점은 좋겠다. 가게에 이렇게 귀한 초콜릿도 남아 있고."

그 사람은 아는지 모르는지 어린아이마냥 실실 웃으며 고맙다고 두세 번 이야기했다.

"어, 근데 이렇게 되면 내가 너한테 보답한 게 아닌 게 되잖아? 나중에 또 다른 거 사줄게."

중학교 때 받은 초콜릿을 보답하려고 사온 초콜릿이었는데, 내가 주니 보답이 아니라 빚이 더 늘은 셈이라며 그 사람은 그렇게 나중을 기약했다. 그런 그에게 나는 예전부터 물어보고 싶은 걸 물어봤다.

"이상형이 뭐예요? "

"갑자기 물어보니까 잘 모르겠네. 딱히 없는 것 같은데, 음…"

그는 내심 갑작스러우면서도 까탈스런 질문에 흔쾌히 답을 고민하며 엷은 미소로 침묵을 대신하고는 더딘 시간 속에 내 눈을 보고 이야기했다.

"다른 여자는 귀에 반지를 끼고 손에 목걸이를 하면 별론데, 내가 좋아하는 사람은 해도 상관없어. 다른 여자가 반팔 티를 다리에 끼고 바지를 머리에 쓰는 건 싫어하는데, 내가 좋아하는 여자가 하면 그것도 좋아."

극단적인 예시에 나는 푸핫~ 하고 크게 웃어버렸다.

"그게 뭐예요. 하하."

"그냥, 이상형 없이 내가 좋아하는 사람은 뭘 해도 좋다고.

무엇을 메고 입고 쓰고 먹고 적고 어떤 일을 하고 했고 할 건지 상관없이."

"좋네요."

"뭐가?"

"그냥. 그래서 사랑해가 아니라, 그럼에도 불구하고 사랑한다는 거잖아요."

"으응. 그렇지. 너는?"

나는 "나도요."라고 했다. 말하지 않아도 뻔했다. 그저 멋모르고 어린 시절 처음 좋아한 사람이 이상형이 되었고 그 이후로 쭉 그 사람이 이상형이 되었다. 내 이상형을 물어보는 나의 이상형 앞에서 너라고 말할 수는 없었다. 그 대신 "나도요."라는 말로 내가 하고 싶었던 말을 대신했다. 그래서 사랑한다고. 그가 너여서라는 말까지도 함축한 채였다. 부끄러웠으니까.

널 사랑하니 네가 머문 그 환경까지 사랑한다는 말이 맞았다. 어둡던 밤이, 시리던 찬바람이, 다 식은 차가운 밀크티에 밍밍함이 감돌 쯤에도 어느새 떨리고 분위기 있는 우리 둘만의 공간으로 변하기엔 충분하고도 넘쳤다. 나는 그와 함께 있는 그 시간의 모든 것을 사랑했고, 그 시간에 속해 있는 우리 둘이 좋았다.

한참을 서로의 눈을 보며 이야기를 하던 도중 내 뒤의 한 사람과 그가 눈을 마주치자 피하는 느낌이 들었다. 그의 뒤로 창문에 비치는 그 여자는 우리에게 걸어오려고 하고 있었다. 나는 살짝 고개를 돌려 그 여자의 시선이 그 사람을 향하는 사이 몰래 그 여자를 쳐다보았다. 장지윤 씨였다.

지윤 씨의 이야기와 오빠의 이야기가 섞여서 내 머리를 이리저리 헤엄치고 있었다. 아, 그때 말한 남자친구가 선민웅 씨였나. 나는 얼추 비슷한 조각들을 하나하나 머릿속으로 맞추는 사이 내 앞의 선민웅 씨가 양해를 구하고는 그 여자에게로 갔다.

"나 잠깐만."

말을 주고받는 그들의 낌새에 느낌이 쎄했다. 아, 지윤 씨가 말했던, 사귀었던 그 남자가 진짜 이 사람이 맞구나. 창문으로 비치는 그들의 오고 가는 말 속엔 "할 말 없어."라는 그 사람의 말만 들렸을 뿐이었다.

"아 미안. 아는 사람을 만나서."

장지윤 씨와 서둘러 대화를 끝낸 그는 오자마자 나에게 미안하다고 연신 이야기했다. 나는 괜찮다고 할 뿐이었다.

"그… 사람이죠? 전에 헤어진."

"어…? 어. 어떻게 알았어?"

우리 상점에 들렀다고 말하지 않았다. 그 사람이 나에게 오빠와 새로운 남자 사이에서 힘들어 했다고 하지도 않았다.

"그냥, 느낌이… 잘 해결된 거예요? 못 잊었다고, 그랬잖아요."

"해결되고 말고가 어디 있어. 그냥 뭐, 이젠 다 잊었지. 얼마 있다 잊을 사람이었는데 괜히 저 사람 때문에 힘들어하고, 에휴…. …지금은 절대로 아니야."

"…저 분이 뭐라고 했어요…? 아, 물어봐도 돼요?"

"그냥, 잠깐 이야기 좀 하자고, 할 말 있다고. 그래서 나는 없다고, 다 끝났다고. 너 갈 길 가라고. 이제 만나도 아는 척하지 말자고. 그랬어."

"아, 잘했어요…. 그리고 헤어진 거 오빠 탓 아니에요. 그냥, 어쩔 수 없이 그랬던 거죠. 오빠는 충분히 좋은 전 남자친구였어요. 본인 탓 하지 마요. 그저 지쳐서, 오빠 말대로 사랑이 닳아서 서로 헤어진 것뿐이에요."

"사랑이 달아서? 사랑이 단데 어떻게 헤어져. 아, 당도가 너무 셌나?"

오빠는 내가 이 상황을 무안하게 받아들일까봐 또 자신만의 방식으로 어색한 공기를 날려버렸다.

"아니, 푸하핫. 무슨 소리하는 거예요. 사랑이 닳았다고. 너덜너덜. 마음도 지치고, 몸도 지치고. 힘들어서 그런 거라고. 그러니까 스스로 자책하지 말라고요. 그 관계에 대해서."

나는 그녀의 긴 이야기를 옮겨와 그녀를 탓하며 그를 위로하지 않았다. 그저 그냥 시간이 이렇게 흐르게 된 거라고, 마음이 이렇게 되었을 뿐이라며 말할 뿐이었다.

"응, 고마워…. 너 덕분이야."

"뭘, 내가 한 게 뭐가 있어요."

지윤 씨가 내게 했던 "고맙다."라는 말이 그의 말과 함께 겹쳐졌다. 얼떨결에 내가 그들의 이별과정에 함께했던 그간의 조각조각으로 이어진 이야기들이 머릿속에서 완성되었고 결국 오빠의 모습을 그리는 것으로 마무리를 지었다. 그 사람은 그런 나를 쳐다보더니 입으로 웃음을 띠고는 말했다.

"그동안, 오랜 생각하기 잘했다."

"네…?"

"그냥, 사랑에 대해서 내가 다시 시작해도 되는지, 내 마음 가는 대로 해도 되는지… 많이 생각했거든. 그리고 오늘 오면서 확신했어…. 근데 여기 풍경 되게 좋다. 그렇지?"

한참을 풍경 좋은 바깥을 쳐다보며 혼자서 생각하다 말을 꺼내고선 괜히 다른 주제로 화제를 돌리려는 그에게 어쩌면 그의 생각과도 같은 맥락의 질문을 물었다.

"사랑이 뭐라고 생각해요?"

"질문이 많아지는 걸 보니 오늘 야외출장 나왔네. 몰라. 생각 안 해봤어. 근데 뭐 사랑이 별 건가? 어느 순간 좋았다가, 어느 순간 안 좋아지고. 뭐 그런 거 같아. 이유 없이 감정에 휘말리는 거지. 그리고 상대방이 뭘 해서 좋았다기보다, 그 사람이 무엇을 하던 좋은 거. 그런 게 사랑 아닌가."

"그 어느 순간이 지금이에요?"

안 좋아지는 순간이 지금인지, 좋아지는 순간이 지금인지 나는 자세히 묻지 않았다. 그저 그가 알아차리기를 바랐다. 내가 원하는 답이 무엇인지를.

"응. 그런 것 같아."

"인생 책이 뭐예요?"

"뜬금없이? 음, 난…《내가 알고 있는 걸 당신도 알게 된다면》?"

나의 갑작스런 질문에 그는 짐짓 당황한 듯하면서도 열심히 고민하며 한참 뜸을 들이다 이야기했다.

"원래 누군가가 뽑은 최고의 작품엔 그 속에 그 사람의 취향이나 삶이 담겨 있다고 하잖아요. 그러다보면 그 사람의 인생을 아는 법이거든요. 음, 그럼 인생 영화는요?"

"어… 뭐가 있을까….《이보다 더 좋을 순 없다》."

"오, 나도 그거 좋아하는데. 좋아하게 된 이유가 있어요?"

"음, 그냥 지금 막 생각났어."

244

마지막으로 머뭇대다 물었다.

"인생 사랑은요?"

"아직."

시간은 어느새 늦은 밤이 되었고 달이 기울고 있었다. 기울어진 초승달에 어느새 새로운 천을 덧대 다시 기운다. 밝은 보름달이 이 밤에 잠시 기대듯 그의 마음을 가까이서 듣고 싶은 내 마음과도 같이 나도 모르게 내 몸이 그 사람 쪽으로 기울어 있었다. 2월의 중순이었다.

루비 초콜릿. 가장 최근에 승인된 4세대 초콜릿이라고 했다.

인공색소도 들어가 있지 않은 자연에서 찾은 붉은 빛깔 그대로였다.

이렇게나 오래 걸렸다. 루비의 색깔을 찾기까지.

사랑 본연의 색깔을 이제야 발견한 것처럼.

포장된 초콜릿

연인 사이였던 3년의 시간 속에서 언젠가 지윤이가 초콜릿을 선물해준 적이 있었다. 알록달록 고급스러운 일러스트가 그려진 틴케이스에 담겨 낱개로 포장된 초콜릿들이었다. 하나씩 하나씩 까먹고 틴케이스의 빈 공간이 차츰 늘어날 쯤부터였던 것 같다. 계속 삐걱거리고 자주 다투던 시간이. 우리의 관계처럼 초콜릿을 꺼내 먹을 때마다 늘 틴케이스 안에선 달그락거리는 소리가 났다. 그러는 사이 그녀는 나에게 헤어짐을 고했

고, 나는 미련인지 아쉬움인지 그녀가 날 잊은 속도보다 조금
은 더디게 그녀를 놓지 못하고 있었다.

그랬던 나였다. 아마 서서히 잊어간다는 게 이런 거였나 싶
을 만큼, 서서히 좋아했던 것만큼이나 슬며시 그렇게 잊어갔
다. 이별은 시간이 해결해준다는 그 말이 맞았다. 전 여자친구
가 나를 잊고 바로 다른 남자에게 갔다는 사실도 한몫을 했던
것 같다. 정신없이 바쁜 틈을 타 그녀를 생각할 시간을 줄여나
갔고, 어쩌다 짬이 날 때면 그간 못했던 일들을 하느라 나를
버리고 간 그녀를 좋아했던 마음을 찬찬히 지워나갔다.

복잡했던 감정을 다 털어놓고 나니 '별거 아니네.'라는 생각
마저 들었다. 그 시점이 정확히는 모르겠지만 아마 그 초콜릿
가게를 갔다 오고나서부터였던 것 같다. 문득 대학 시절 교양
과목으로 들은 심리학에서 인간의 자각수준이론이 떠올랐다.
프로이트 할아버지가 말했던 극히 일부분에 지나지 않은 의식
의 언저리가 아닌 잠재되어 있으면서도 인간의 행동에 큰 영
향력을 끼치는 무의식에서 느껴지는 무언가의 감정이 불현듯
찾아왔다.

그래서 한 번 더 찾아갔다. 놀랍게도 이별의 이야기를 전했
던 사람 앞에서 짝사랑 당사자가 나라는 이야기를 들었을 땐
당황하기도 했지만 내심 기뻤던 마음도 공존했던 것 같다. 이

같은 감정이 동시에 생겼다는 건, 그리고 후자의 마음으로 더 기울어진 건 아마도, 그간 뒤숭숭했던 마음 정리가 시작될 것 같다는 느낌에서였던 것 같다. 그렇게 전의식 속에 있던 그녀를 상점에 두 번째로 방문했을 때 의식 속으로 끌고 들어왔다. 그녀가 내 이야기를 진심을 다해 들어준 것만큼이나, 나의 마음을 함께 정리해준 것처럼 나도 그녀의 이야기를 들어보고 싶었고, 그렇게 그녀의 마음이 어떻든지 간에 무언가 도움이 되었으면 좋겠다고 느꼈다. 그래서 그렇게 그 상점의 초콜릿을 다 먹을 때까지 방문을 하겠다고 약속 아닌 다짐을 했다. 그렇게 그녀를 조금씩 의식하게 되었다.

나의 마음을 평계로 주호와 약속도 잡았다. 주호와 카페에서 만나기까지 오랜 결심을 했다. 휴가차 간 이탈리아에서 멋진 건축물을 봐도 누군가와 같이 오고 싶다는 생각이 났고, 길거리의 예쁜 옷을 봐도 같은 사람 생각이 났다. 그 사람이 누군지는 단박에 떠올릴 수 있었다. 피사의 사탑이 기울어진 게 꼭 머릿속에 떠올리는 그 사람에게 기운 내 마음 같았다. 확실히 하고 싶었다. 그래서 조금 시간을 가지고 이 마음이 확신이 설 때까지 스스로를 기다렸다.

전 여자친구를 그리워한다는 말로 첫 만남을 만든 내가 밉기도 했다. 그리고 그랬던 내가 갑자기 "너에게 감정이 생기고 있는 것 같아."라고 말하는 것도 조금은 어색하고 어설프게 느껴지진 않을지 생각하기도 했다. 그 친구의 말이 맞았다. 다른 사람으로 그 사람을, 그리고 전의 사랑을 조금씩 잊어간 것 같다. 그래서 그동안은 가끔 특별한 날을 핑계로, 문자도 하고 안부도 물었다. 무의식의 용기가 의식 속의 내게 용기를 북돋아준 덕분이었다. 문자를 보내고 기다리는 그 시간이 떨리고도 하고, 기대가 되기도 했다. 없는 기억을 조금씩 생각해내며, 주호와 있던 학창 시절을 떠올려보며 혼자 실실 웃기도 했다. 그러곤 정신을 차려 주호가 주었던 초콜릿 속에 아마 사랑의 묘약이 있었던 건 아닐까 생각하며 그렇게 조금씩 감정에 대한 확신이 섰다.

아, 이건 짝사랑이다. 사실은 정말 초콜릿이 맛있어서 두 번째 방문을 했다. 무료로 받은 초콜릿이 고마워 또 사러 간 것이기도 했다. 아니, 아마 그랬을 거다. 지금 생각해보면 사실 잘 모르겠다. 내가 원래 처음 본 사람한테 이렇게 내 속마음을 잘 꺼내는 사람이었나, 순간 놀라기도 하고, 상처받은 마음이 조금씩 아무는 듯했다. 내 말을 주의 깊게 들어주고 나의 마음을 아는 듯한 진심이 담긴 그녀의 눈빛을 통해 고마움을 느꼈다.

그렇게 간 두 번째 방문에 그녀가 보인 부끄러우면서도 할 말을 당차게 하는 모습에 호감이 생겼다. 아마 나도 몰래 과거에 나를 좋아했던 사람이라 그랬나. 그 사람이 은근슬쩍 했던, 귀여웠던 행동들 때문이었나. 자꾸 같이 있던 시간들이 생각나고 신경이 쓰였다. 그 친구가 여전히 날 좋아한다면, 그 마음을 닮아가고 있는 내 마음을 그녀도 알았으면 좋겠다는 생각도 점차 들었다. 그렇게 주호를 만났다. 그리고 거기서 나에게 헤어짐을 고한 사람을 만났다.

주호네 가게를 방문한 후 그녀는 내게 간간히 문자를 했다. 미안하다는 말, 그렇게 헤어지는 게 아니었는데 조금 후회한다는 말. 나와 연애를 끝내고 바로 다른 남자를 사귀었다는 것에 죄책감을 느꼈는지, 계속 미안하다 연락했다. 나는 그저 그러려니, 괜찮다느니, 마음에도 없는 말을 꺼냈다. 처음에는 좋아하는 마음이 더 앞서서 '붙잡아 볼까?'라는 생각도 했었다. 그럼에도 그러지 않았다. 주호가 말했듯 그저 이 감정을 추스르면 될 거라고 생각했다. 그래도 이 말만큼은 진심이었다.

다신 연락하지 말고 그냥 잘 살았으면 좋겠다.

"잠깐, 이야기할 수 있어?"

오랜만에 본 전 연인은 또 다시 내게 할 말이 다 안 끝났던 양 그렇게 이야기할 시간을 구했다.

"…아니. …할 시간도 없고, 할 말도 없어."

나는 그저 피하고만 싶었다. 마음을 정리한 상태에서 이런
저런 말들로 가타부타 대화를 이끌어 가고 싶지 않았다.

"미안했어. 이 말 꼭 만나서 하고 싶었어. 비록 그렇게 헤어
졌지만, 나름 오랜 시간을 함께했잖아. 잘 마무리하고 싶었는
데 그냥 헤어지자는 말로 대화도 하지 않은 채 뒤 돌아선 내
행동에 많이 후회했어. 내가 다른 사람한테 바로 간 것도 맞고,
우리 사이가 전과 같지 않았다는 것도 맞는데, 서로가 열심히
한다고 해서 될 것 같지 않아서, 그래서 그랬어."

결국 진심으로 사과하고 싶어 하는 계속되는 그녀의 마음을
받아들이기로 했다. 이래야 정말 끝이 날 것 같았고, 이렇게 해
야 깔끔하게 끝낼 수 있을 거라는 그녀의 마음이 내게도 느껴
졌다. 어떤 말을 꺼내야 할 지 고민을 하다 지나간 인연에 대
한 마무리의 후감을 전했다.

"…그래. 나도 미안했어. 그동안 권태기라는 핑계로 제대로
챙겨주지 못했던 것들, 서로 사랑했을 땐 다 해주던 것들을 시
간이 지나면서 점차 그 흔한 것들조차 안 해줬던 것. 그냥, 우
리는 그때 잘 맞게 헤어진 거라고 생각하자. 네 탓이 아니라
그냥 이렇게 된 거라고 하자. 너 덕분에 많이 성장했고, 많이
배웠어. 그동안 고마웠다."

그리고 헤어졌던 시간 동안 내가 너를 그리워했던 건 사랑하는 감정이 아니라, 이랬더라면 어땠을까 하는 마음, 잘해주지 못했던 마음, 그리고 함께한 시간들에 대한 고마움이 뒤섞인 감정이었다. 이러한 말을 속으로 삭혔다.

그녀의 눈에 맺힌 눈물이 미약하게나마 비춰진 카페 안의 불빛에 반사됨을 느꼈다. 그 눈물의 의미를 안다. 좋아한 감정이 쌓여 사랑을 하게 되고, 연인이 되었듯 사소한 일상에서의 서운한 감정들이 쌓여 헤어졌고, 우리는 결국 서로의 미련 없는 말을 주고받음으로써 이제야 완벽한 이별을 하게 되었다. 어느새 눈물이 그렁그렁한 채로 장지윤은 나와 함께 있던 여자를 기억했는지 힐끗 뒷모습을 보이며 앉아 있는 주호를 보려했지만 지나가는 사람에 의해 시야가 가로막혀졌다.

"나, 나도 좋아하는 사람 생겼어."

내 뒤에 있는 주호의 뒷모습을 보며 자랑스럽게 이야기했다. 어쩌면 이런 시간이 필요했던 건지도 모른다. 나도 너와 이별을 하게 되고 그동안 너 때문에 많이 힘들었지만, 그 덕에 초콜릿 상점에 가 주호라는 사람을 만나게 되었다는 말. 어쩌면 너와의 이별로 인해 이렇게 좋은 사람을 다시 만날 수 있는 계기가 되었다는 말은 생략했다. 주호가 아니었다면, 주호를 만나지 않았더라면 너는 여태 내게 나를 두고 마음 흔들린 나쁜 전 여자친구로 남았을 거라는 것까지도.

"잘됐다. 잘되었으면 좋겠어. 잘 지내고, 안녕."

그녀는 정말 진심을 다해 축하를 해주고 안녕을 고하며 다시 발길을 돌려 카페 밖을 나섰다.

그렇게 나는 그런 그녀를 뒤로하고 자리로 돌아가 주호가 준 초콜릿 선물상자를 어서 풀어보기 위해 걸음을 재촉했다.

Sarang de Chocolate

초코라떼

아직 가시지 않은 겨울 추위와 어제 내린 봄비의 기운이 바람에 맞물려 서걱서걱 문소리를 내더니 딸랑~ 오늘의 마지막 손님이 찾아왔다. 어느새 우리 초콜릿가게의 단골이 된 민웅 오빠였다. 그 이후로 오빠는 정말 우리 가게의 초콜릿을 다먹을 요량으로 자주 찾아왔었다. 그 사이 몇 번의 데이트 아닌데이트를 바깥에서 즐기고 상담소에서 이야기도 주고받으며그렇게 가까운 사이가 되었다. 그 옆으론 어느새 짝이 된 재현이와 민영이가 마감시간이 가까운 틈을 타 연애질에 가까운 꽁냥꽁냥한 모습을 하고 있었다.

"그렇게 예쁘게 잘 사귈 거 왜 여태 계속 속앓이하고 있었데. 정말."

"그러니까요. 제가 늘 말하지만, 고마워요. 언니. 언니 덕분이에요. 고백한 거."

늘 만나서 밥 먹고 카페를 가고 이야기를 나누는 틈에 민영은 재현에게 고백을 했다고 말했다.

"나는 너 이만큼 좋아하는데, 너도 나 이만큼 좋아했으면 좋겠어."

재현의 얼굴을 뚫어져라 쳐다보며 덤덤하게 말하고 나니 미리 준비했던 마냥 민영이의 입에서는 뒷말이 술술 나왔고, 그 모습을 본 재현은 귀여워 계속해서 웃었다고 그 시간을 회상했다.

"나는 쌍꺼풀 있고, 자연 곱슬머리야. 너 나랑 결혼해서 아이 낳으면 나 닮은 예쁜 아이 낳을 수 있어. 너는 무쌍에 직모잖아. 내가 키는 작아도 네가 키가 크니까 괜찮아. 그러니까 유전학적으로도 너는 나랑 결혼하는

게 이득이야. 나 너랑 결혼할 생각으로 고백하는 거야. 그러니까, 내 말은,
내 미래에 네가 있었으면 좋겠어."

그동안 걱정했던 게 무색할 만큼 단조롭게 일상의 대화를 하
듯 한 말에 민영도 자신감 넘치는 자신의 모습을 뿌듯해했다.
재현은 이내 진지한 모습으로 희미한 웃음을 띠더니 이만큼
까지 올라가 있는 민영의 손을 번쩍 하늘 높이에 있는 곳을 가
리키는 것을 끝으로 짝사랑에 끝을 맺었고, 연인이 되었다고
했다.

"유전학적뿐만 아니라 생물학적으로도 남자인 난 여자인 널 좋아해. 감
성적으로도 나는 널 사랑하고 있고. 그러니 난 이만큼보다 너를 저만큼
좋아해줄게."

"그거 알아요?"
"어떤 거?"
장난기 가득한 눈빛으로 나와 민웅 오빠를 번갈아 바라보는
재현에게 마침 손님도 끊겼으니, 오랜만에 온 민영이와 데이트
좀 하라고 오늘은 일찍 퇴근해도 좋다는 말을 했다. 그 후 민
웅 오빠와 함께 상담소에서 서로 따뜻한 초코라떼를 호호 불

며 이야기를 나누다 내가 물었다.

"처음에 초콜릿을 접한 사람들은 먹는 게 아니라 마시는 걸로 인식했대요. 약재로도 쓰이고. 차후에 카카오 원두를 반죽에서 카카오 버터를 분리하는 기술이 생기고 나서부터 초콜릿은 먹는 걸로 인식했대요."

"아, 나랑 비슷하네…."

골똘히 내 말을 듣던 그는 잠자코 있다가 이내 말을 꺼냈다. 나는 의아한 표정으로 되물었지만, 돌아온 건 또 다른 그의 질문이었다.

"너는 네가 누군가의 짝사랑이라고 느껴본 적 한 번도 없었어?"

나는 아까 말한 의미도 제대로 찾지 못한 채 질문에 대한 대답을 한참 고민하다 "음… 없었던 것 같은데?"라고 했다.

"당신만 죽도록 짝사랑했지. 누군가와 사랑도 하고, 내가 누군가의 짝사랑이 되었던 적은 없었을 걸, 아마."

미워 죽겠다는 양 그를 힐끗 째려보고는 이내 웃으며 말했다.

"있을 텐데…?"

나는 의아한 표정을 지으며 어디서부터 생각을 해야 하나, 과거를 되짚고 있었다.

"난 이 상점에서 너랑 이야기하고 나서부터 자꾸 네가 좋아지던데. 초콜릿이 맛있어서 여기 오고 싶었나 했는데 아니더라. 내 이별 이야기를 하고 있었는데 알고 보니까 그때부터 짝사랑하고 있었더라고. 너를. 이 초코라떼가 초콜릿으로 사람들에게 처음 인식되었던 것처럼, 나도 너를 그저 내게 초콜릿을 준 사람으로만 인식했는데, 알고 보니까 네가 내가 좋아하는 상대더라고."

눈을 동그랗게 뜨고는 부끄러움을 숨기지도, 이러지도 저러지도 못한 채 애써 눈을 창문 밖으로 돌렸다. 벚꽃이 내렸다. 보슬보슬 어제 내린 봄비와 오늘의 봄바람 덕에 길거리엔 하얗고 분홍진 잎들이 펼쳐진 채 벚꽃비가 내리고 있었다. 겨울에 마저 다 불지 못하고 남아있는 겨울바람인 줄 알았는데 어느새 완연해진 봄바람이었다.

'결국 올 것이 왔구나.'

"좋아하는 건 네가 먼저 했으니까 사랑하는 건 내가 먼저 할게."

오빠의 말이 무안하리만치 대답은커녕 큼큼 가짜 기침소리를 내고는 비인지 눈인지 모를 벚꽃이 내린다며 화제를 돌리며 부끄러움을 감췄다. 함께 벚꽃을 보러 가자며 상점 밖을 향해 오빠의 팔을 끌어당기고는 한참을 같은 방향을 바라보며 서 있었다. 이내 오빠는 나의 표정 하나하나를 살피며 내 머리

위에 톡하고 내려앉은 벚꽃을 조심스레 떼고는 때를 엿보다 나의 눈이 스칠 때 말했다.

"나는 너를 지금 많이 사랑하는데, 이게 짝사랑이 아니었으면 좋겠어."

우연히 그와 스친 내 눈을 그에게로 응시하며 뚫어져라 쳐다봤다.

"이 세상 가장 소중한 것을 떠올려 봤을 때 늘 네가 떠오르는데… 너는 나를 사랑해줬으면 좋겠다. 내가 너를 사랑해서가 이유가 된다면."

빨갛게 타오르듯 부끄럽게 달아오른 내 두 볼덩이를 가라앉힐 새도 없이 세상의 모든 고백을 다하겠다는 듯이 사랑 고백을 속절없이도 하는 그였다. 나는 이내 봄의 찬바람에 한껏 부끄러움을 몰아내고는 답했다.

"나는 너를 좋아하는데 너도 마침 나를 좋아해줘서 고마워."

상점 안에서는 때마침 동물원의 〈사랑하겠어〉가 잔잔히 흘렀다. 나에게 거창한 듯 거창하지 않은 고백을 하는 그의 손을 맞잡았고, 마지막까지 안간힘을 다해 붙어 있으려는 벚꽃 잎이 떨어지는 상점 앞거리에서 첫 키스를 했다.

"널 끝 간 데 없이 사랑해줄게."

그렇게 우리는 벚꽃이 지고 분홍이었다가 초록이었다가 빨강이었던 그리고 마침내 하얗기도 한 그 골목길을 함께 걷고 또 걸었다. 그렇게 그는 나의 사계절이 되었다.

시간이 흐른 후 마침내 나를 사랑해준 고마운 너에게 한 번 더 사랑 고백을 했다.

"난 널 여전히 좋아하는데 그런 날 너도 여실히 좋아했으면 좋겠다."

꽃씨가 바람에 흩날리듯 네가 봄바람에 나에게 흩날렸다.
널 향한 마음을 심고 있었다.

소설 속 등장하는 주요 초콜릿

파베 초콜릿

프랑스에서 처음 만들어진 밀가루를 넣지 않는 일종의 초콜릿 케이크로, 부드럽고 깊은 맛이 특징이다.

위스키 봉봉

위스키를 마실 때 안주로 나오는 초콜릿으로, 위스키와 꽤나 잘 어울려 맛과 향의 상승작용을 경험할 수 있다. 특히 초콜릿과 위스키의 부드러우면서 향기로운 깊은 맛이 한데 섞여 두 배의 감동을 준다.

아망드 쇼콜라

통아몬드에 캐러멜을 혼합한 다음 초콜릿을 겹겹이 여러 번 입힌 디저트로, 달콤한 맛을 자랑한다.

트러플 초콜릿

녹인 초콜릿에 버터 또는 생크림, 설탕, 경우에 따라 달걀을 넣고 향료를 첨가해 혼합한 뒤 작은 공 모양으로 만들어 템퍼링한 커버처 초콜릿을 씌우거나 코코아 가루에 굴려 묻힌 것을 가리킨다.

다크 초콜릿

카카오매스의 함량이 35% 이상인 초콜릿을 일컫는 말로, 카카오 함량이 높을수록 카카오 본연의 쌉쌀한 맛이 강해지며 분유나 설탕이 들어가지 않거나 아주 적은 양이 들어간다.

화이트 초콜릿

카카오 콩의 기름인 카카오 지방을 원료로 하여 분유, 설탕 등을 첨가해 만든 초콜릿으로 카카오 매스를 전혀 사용하지 않기 때문에 카카오를 원료로 하지만 초콜릿의 색조가 전혀 없다.

살라미 초콜릿

소시지처럼 썰어내어 와인이나 수제 맥주와 즐기기 좋도록 만든 초콜릿으로, 초콜릿,크래커,버터,견과류,건조과일,와인,럼주를 이용해 소시지 모양으로 만든 이탈리아 스타일의 디저트이다.

할로우 초콜릿

속이 텅 비어 있는 초콜릿을 뜻하는 말로, 몰드를 이용하여 갖가지 형태의 동물, 인물, 사물 캐릭터 등을 입체적으로 형상화하여 제작한다.

가나슈 초콜릿

초콜릿과 크림을 섞어 만든 초콜릿을 뜻하는 말로, 동시에 초콜릿과 크림을 섞어 만든 소스를 일컫는 말이기도 하다.

루비 초콜릿

자연적으로 루비 색을 띠는 초콜릿으로, 2017년 스위스의 초콜릿업체 배리 칼리보가 최초로 발표했다. 밀크, 다크, 화이트에 이은 '4세대 초콜릿'으로 불리며, 향료를 가미하지 않아도 가벼운 단맛과 새콤한 산미가 난다.

수상한 초콜릿 가게

초판 1쇄 발행 2022년 10월 28일
초판 10쇄 발행 2024년 12월 27일

지은이 김예은

펴낸이 박세현
펴낸곳 서랍의 날씨

기획 편집 곽병완
디자인 김민주
마케팅 전창열

주소 (우)14557 경기도 부천시 조마루로 385번길 92 부천테크노밸리유1센터 1110호
전화 070-8821-4312 | **팩스** 02-6008-4318
이메일 fandombooks@naver.com
블로그 http://blog.naver.com/fandombooks

출판등록 2009년 7월 9일(제386-251002009000081호)

ISBN 979-11-6169-223-4 (03810)

서랍의**날씨**는 **팬덤북스**의 가정/육아, 문학/에세이 브랜드입니다.